救助犬エリーの物語

W・ブルース・キャメロン　西本かおる訳

小峰書店

ELLIE'S STORY: A DOG'S PURPOSE NOVEL
by W.Bruce Cameron

Japanese translation published by arrangement with
Cameron Productions,Inc.c/o Trident Media Group,
LLC through The English Agency(Japan)Ltd.
Jacket Photograph by GETTY IMAGES

救助犬エリーの物語

もくじ

装幀／城所潤・大谷浩介（JUN KIDOKORO DESIGN）

1 選ばれた子犬

わたしが最初に覚えたのは、お母さんのにおいとお乳《ちち》の味だった。

お母さんにたどりついておなかいっぱいお乳《ちち》を飲むには、きょうだいのふにゃふにゃの体をよけたり乗りこえたりして、つき進まなくちゃならない。小さな足でまわりをおしながら少しずつ進んでいくと、温かくて甘《あま》いお乳《ちち》が舌《した》の上に広がる。

何日かして目がひらくと、お母さんのこげ茶色の顔と、下にしいてある水色の毛布《もうふ》が見えたけど、まだ視界《しかい》がぼやけていた。

さびしいときや、寒いとき、心細いとき、わたしはクークー鳴きながらお母さんにくっつく。その声を聞くと、きょうだいはわたしが弱い子だとかんちがいして、とびかかってきた。きょうだいは七匹《ひき》で、みんな黒のまじった茶色。どうしてみんな、だれがいちばん上か気づかないのかな。お母さんのつぎにえらいのは、わたし。だって、きょうだいの中でいちばんかしこいから。

やさしい手とやさしい声の女の人が、わたしたちのようすを見に、しょっちゅう階段《かいだん》をおりてくる。最初の日はお母さんが少しうなったから、女の人は用心して、わたしたちに手を出さなかった。そのあとお母さんは思い直したみたいで、女の人がわたしたちをだきあげたり顔を近づけたりしても怒《おこ》らなくなった。

その女の人はおもしろいにおいがした。せっけんみたいなすっきりしたにおい。食べ物のおいしいにおい。そして本人の体のにおい。わたしはその人にもちあげられてもべつに平気だけど、そっとお母さんの横の毛布《もうふ》にもどされると、やっぱりほっとする。

ときには男の人も階段《かいだん》をおりてきて、わたしたちのようすを見たり、フードや水をお母さんの前に置いたりした。水には要注意！　初めて水の器《うつわ》に近づいて、においをかいだとき、弟が後ろからぶつかってきて、わたしは顔から水に落ちてしまった。冷たい水が鼻に入って、目がひりひり。お母さんを呼《よ》ぼうと鳴いたら、今度は口にも水が入ってきた。つるつるすべる器《うつわ》のふちを必死にはいあがって、毛にしみこんだ水をふりはらったけど、それ以来、わたしはなるべく水には近づかないことにしている。弟は自分のせいなのに知らん顔だった。

何週間かたって、わたしも足の力がついてきたころ、いつもの男の人が階段《かいだん》の上から大きな茶色い箱をもってきた。男の人は箱を床《ゆか》に置いて、きょうだいの一匹《ぴき》をやさしくつかんで中に入れた。

「よしよし、箱に入って。だいじょうぶ。ちょっとのあいだだから」

中に入れられた子がほえているけど、声だけ聞こえて姿《すがた》は見えない。男の人は、ワンワン、キャンキャン大さわぎするわたしたちを一匹《ぴき》ずつもちあげて、箱に入れていった。

中は小さな空間で、平らな床《ゆか》と壁《かべ》にかこまれていた。小さな爪《つめ》を立ててふんばっても、つるつるすべってしまう。いきなり箱がうきあがって、ますます不安定になった。

きょうだいはもみくちゃになっておたがいの体に乗っかりながら、どうなっているのか外を見ようとした。わたしは妹二匹《ひき》の背中《せなか》に立って、箱のふちに前足をかけて外をのぞいてみた。男の人が箱をもって階段《かいだん》をのぼっていて、お母さんが後ろからついてきている。それを見て安心した。お母さんがいっしょならだいじょうぶ。

「だめだめ、中にいなさい。落っこちるぞ」男の人が言った。

ふちにかけていた前足をはずされて、わたしは弟の上にたおれこんだ。わたしを水の器《うつわ》につきとばしたあのにくたらしい弟だ。弟にかまれて、あわてて足をどけた。

しばらくすると箱が地面におかれて、男の人がいつもの女の人といっしょにきょうだいを一匹《ぴき》ずつ外に出しはじめた。

わたしはまわりを見てびっくり。それが初めての外の世界だった。

まずおどろいたのは明るさだ。まぶしくて、すぐには目をあけられなかった。そして、足の下に奇妙《きみょう》なものがあった。毛布《もうふ》みたいにふかふかだけど、ちくちくする。草だ。わたしのほうが強いのをしめそうとして、かみついてみたけど、草は反撃《はんげき》してこなかった。やっぱり、わたしが上だ。

それから、外のにおいにもおどろいた。わたしがそれまでに知っていたのは、お母さんのにおい、きょうだいのにおい、寝床《ねどこ》の毛布《もうふ》のにおい、そして、いつも来る女の人と男の人のにおい。でも外にいると、空気が動いて、数えきれない未知のにおいが鼻をくすぐりながら流れていく。ほかの子たちがかけだしていった。ほえたり、引っくりかえったり、顔からころんだり、寝《ね》そべったり、大さわぎだ。わたしはじっと鼻を上に向けて、あたりのようすをさぐった。

足もとの草はさわやかなにおい。その下に、暗くて濃《こ》くてこってりした別のにおいがかくれている。なんだか掘《ほ》ってみたくてうずうずするにおいだ。そして、風が遠くからいろいろなにおいを運んでくる。家の中からは、煙《けむり》みたいなおいしそうなにおい。そばの草むらからは甘《あま》いにおい。木のフェンスの向こうからは、ものすごいスピードで行き来する物体から出るつんとするにおい。

そして、わたしみたいにやわらかい毛のはえた、未知の生き物のにおいもした。

囲いの中にいるおとなの犬だ。お母さんはかけよってフェンスごしに鼻をすりよせた。オスの犬で、お母さんにとって大事な相手らしい。わたしにはなんとなく、この犬が自分の父親なんだとわかった。

「この調子なら、子犬たちとうまくやっていけそうだな」男の人が女の人に言った。

「バーニー、だいじょうぶね？　外に出る？」

お父さんの名前はバーニーだ。女の人がフェンスの扉《とびら》をあけると、バーニーはとびだしてきて、わたしたちのにおいをかいでからフェンスにオシッコをかけた。

子どもたちみんなでバーニーを追いかけて走った。何度もころんで、そのたびに起きあがる。バーニーが頭をさげると、一匹《ぴき》が頭に乗って耳にかみついた。なんて失礼な！　でもバーニーはちっとも怒《おこ》らず、首をふって子犬を下に落としただけだった。

それを見たほかの子たちがはしゃいでバーニーにとびつくと、バーニーはやさしくわきにどけたり、においをかいだりした。

　バーニーがわたしのところに来た。わたしはかみついたりとびついたりせずに、じっと立っていた。バーニーは鼻をよせてきてクンクンにおいをかいだあと、いきなり前足でわたしの背中《せなか》をおさえつけた。

　反撃《はんげき》しないほうがいいのはわかっていた。きょうだいはかんちがいしているかもしれないけど、子犬の中ではわたしがいちばん強い。だけど、父犬のバーニーは、お母さんと同じで、わたしより上だ。バーニーはふかふかの草にわたしをおしつけた。わたしがそのままじっとしていると、バーニーはわたしから離《はな》れて男の人のほうに歩いていった。男の人はバーニーをなでたり、耳の後ろをかいたりした。

　それからは毎日外で遊ぶようになった。草の下にある黒くて魅力的《みりょくてき》なものは土だと覚えた。きょうだいにちょっかいを出されたとき、どうすればいいかもわかってきた。みんな後ろからこっそり近づいてとびついてくるか、遠くからぶつかってくるかだから、わたしはうなったり歯をむいたり、とっくみあってぐるぐるまわって上に乗っかったりする。そのあとはいったん離《はな》れて、今度はこっちからしのびよるチャンスをうかがう。

　みんながどうしてわたしがいちばん上だってみとめようとしないのか、不思議だった。

かかってきては、バーニーみたいに前足でわたしの背中《せなか》をおさえつけようとする。バーニーみたいに大きな足じゃないし、父親でも母親でもないのに。わたしはぜったいにきょうだいの思いどおりにはさせなかったけど、みんなしつこくかかってきた。

バーニーはときどき出てきてわたしたちと遊んでくれたし、女の人が「オモチャで遊びなさい」とへんなにおいのものをもってきて、くわえさせてくれることもあった。

そんなある日、知らない男の人が庭にやってきた。その人は、ちょっと変わった遊びを始めた。まず、手をたたいて大きな音を出す。きょうだいの一匹《ぴき》はその音にびっくりして、ほえながらお母さんのところに逃《に》げていった。びくっとして後ずさりした子や、クーンクーンと鳴いた子もいる。わたしもびっくりしたけど、なんとなく危険《きけん》じゃないとわかった。男の人は音をこわがらなかった子だけを箱に入れて、庭の別の場所に運んだ。

一匹《ぴき》ずつ箱から出されて、わたしの番が来た。その人はわたしを草の上におろすと、そっぽをむいて、わたしのことなんか忘《わす》れてるかのように歩きだした。わたしは興味《きょうみ》がわいて、あとをついていった。

「よし！　いい子だ！」

ただあとをついていっただけなのに。

それから、男の人はポケットからやわらかい布《ぬの》をとりだすと、広げてわたしの上にかぶせた。

「さあ、T《ティー》シャツの中から自力で出てこられるかな？」

なにをされたのか、さっぱりわからなかったけれど、いやな気分だった。どっちを見ても布《ぬの》ばかりで、毛布《もうふ》にくるまれてるみたい。きょうだいにしたみたいに、どっちが上か思い知らせてやろうとしたけれど、だめだった。引っかいてもかみついても、布《ぬの》はどいてくれないし、顔や体にからみついてくる。

離《はな》れようとして歩きだすと、布《ぬの》もついてきてしまう。わたしはうなり声をあげて、首を強くふった。これは少しきいたみたいで、目の前の布《ぬの》がめくれて自分のしっぽと緑の草が見えた。

しっぽを見てピンと来た。後ろにさがれば逃《に》げられる！　後ずさりして、もう一度首をふって布《ぬの》をはらいのけたら、草の上に出られた。さっきの男の人がそばにいたから、ほめてもらえるかと思って走っていった。

男の人は、ようすを見にきたいつもの女の人に言った。「ふつう子犬がT《ティー》シャツからぬけだすには一、二分かかるんだ。この子は相当かしこいな」

その人はしゃがみこんできて、わたしを両手でつかむと、草の上にあお向けにした。自分のほうが体が大きいからって、ひどい！　わたしはじたばたもがいた。

「いやがってるじゃないの、ジェイコブ」女の人が言った。

「いやがらない子なんていないさ。おとなしく従《したが》うか、反発しつづけるか、ためしてるんだ。こっちが上だってことがわかる犬を選ぶためさ」

〈イヌ〉という言葉が聞きとれた。声は怒《おこ》っている調子じゃない。悪いことをして怒《おこ》られてるわけじゃないのに、体をおさえつけられている。バーニーに初めて会った日に、草におしつけられたのとよく似《に》ている。この人はわたしより大きい。バーニーみたい。きっとこの人はバーニーと同じで、わたしの上に立つ人なんだ。

それに、なんの遊びかさっぱりわからないから、もがくのはやめて力をぬいた。

「いい子だ！」その人はもう一度言った。

きっとこの人の名前はジェイコブだ。へんな遊びが好きらしい。

つぎにジェイコブは、白くて平たいものをポケットから出して、くしゃくしゃ丸めた。魅力的《みりょくてき》な音。近くで見てみたい。かんで味わってみたい。なんだろう？　もう好奇心《こうきしん》でいっぱいだ。

「ほしいか？　この紙がほしいか？」

ほしい！

ジェイコブはそれをわたしの顔の前にもってきて、ぐるぐる動かした。口でくわえようとしたけれど、動きが速くてついていけない。ジェイコブがそれをぽんと放りなげたので、わたしはとびかかっていった。前足をそろえてキャッチ！　口に入れてかんでみる。返してほしければ、かかってらっしゃい！

めずらしい味だったけど、思ったほどおいしくなかった。追いかけて遊ぶほうが楽しいから、わたしはそれをジェイコブの前に運んで、地面に落とした。そして、草の中にすわってしっぽをふった。もう一回投げてって伝えたくて。

ジェイコブが言った。「この子だ。この子犬に決めた」

2 警官《けいかん》との暮《く》らし

ジェイコブにだきあげられて、庭の外に出た。びっくりした。外の世界は思っていたよりずっと広い。どこまでもつづいている。

目の前をいくつもの大きな物体が、いやなにおいを吐《は》きだしながら、大きな音を立てて通りすぎていく。なんなのかわからないけれど、いかにも危険《きけん》そうだ。ジェイコブがその大きな物体のひとつがとまっているところに近づいて後ろの部分をひらいたので、わたしはジェイコブの腕《うで》の中でもがいて小さな声で鳴いた。

「だいじょうぶだ。ちょっとトラックに乗るだけだ。心配いらない。いいか？　トラックだよ」

トラック――やさしい言いかただったけれど、不安でたまらなかった。こんなへんなにおいのするものに乗るなんていやだ。

トラックの荷台に金属《きんぞく》でできた箱みたいなものがのっている。ジェイコブは片手《かたて》でそのふたをあけて、もう片方《かたほう》の手でわたしをそっと中に入れた。そして、離《はな》れていった。

わたしを置いてきぼりにして！

こんなのおかしい。ぜったいに！　お母さんやきょうだいから引《ひ》き離《はな》されるのもいやだけれど、それはしかたがないことだと、なんとなくわかっている。犬は人といっしょに生きるもの。これからはジェイコブがわたしの家族だ。

だから、ジェイコブはわたしとずっといっしょにいなくちゃいけない。くさくてうるさいトラックの後ろの冷たい箱に置いてきぼりにするなんて、ぜったいおかしい！

わたしはほえたり、くんくん鳴いたりした。ジェイコブがまちがいに気づいてもどってくるように、できることは全部やった。でも、ジェイコブの耳には届《とど》かなかったらしい。ジェイコブはあらわれない。わたしはひとり箱の中。そのうち、なにかがぶつかるような大きな音がして箱がゆれはじめた。動いている。箱に入れられて庭まで運ばれたときみたいに体がゆさぶられる。こんなの、ぜったいにいやだ！　トラックが激《はげ》しくうなっていて、今にも食べられてしまいそう。ジェイコブはどこ？

わたしの必死のさけびがやっと届《とど》いたのか、トラックがとまってジェイコブがあらわれ、ようやく冷たい箱から出してくれた。

「な？　平気だっただろ？」

しばらく離《はな》ればなれだったというのに、ジェイコブはやけにごきげんだった。わたしはジェイコブがもどってきたのがうれしかったから、うらんだりはしなかった。だきあげられて階段《かいだん》の上の新しいわが家につくまで、ジェイコブの胸《むね》にもたれかかっていた。

新しい家は探検《たんけん》するところがいっぱいだった。キッチンは魅力的《みりょくてき》なにおいがして、前足でつついてもあかない小さな扉《とびら》がたくさんあった。リビングには、ジェイコブのにおいがするソファと、ときどきうるさい音を立てる箱がある。バルコニーでは、ジェイコブの横にすわってよその家や庭や木をながめ、トラックみたいなものがうるさい音を立てて走っていくのを見た。

寝室《しんしつ》には、やっぱりジェイコブのにおいのする大きなベッドがあった。最初の日、ベッドにのぼろうとすると、ジェイコブにつまみあげられて、床《ゆか》の上のふわふわした丸くてやわらかいもののところにつれていかれた。

「だめだ。こっちがおまえのベッドだ」

お母さんやきょうだいといっしょに寝《ね》ていた毛布《もうふ》に少し似《に》ていたけれど、あのにおいとはちがって、からっぽで冷たいにおいだった。

わたしがいちばん気に入ったのは公園だ。ジェイコブは初日だけでも何度もつれていってくれた。ふかふかの草が一面にはえていて、その上を走ると気持ちがいい。ジェイコブが投げた棒《ぼう》にとびついて、ジェイコブのところまでもっていく。何度かくりかえしたあと、ジェイコブはポケットから小さな丸いものをとりだして投げた。それを追いかけて口でくわえようとしたとき、小さな動物がやけにふさふさしたしっぽをゆらしながら横を走っていった。

わたしはそっちに夢中《むちゅう》になって、丸いものを放りだした。その動物は追いかけずにはいられないようなおもしろい動きをしている。草の上をちょこちょこ向きを変えながら、木のほうへ走っていく。するすると木の幹《みき》をのぼったのにはびっくり。わたしもまねしてのぼろうとしたら、あお向けに落ちてしまった。相手は高い枝《えだ》から見おろして笑っている。腹《はら》が立って、ほえながら木のまわりをぐるぐる走った。どうしてわたしには木のぼりができないの？

ジェイコブが横にすわって、耳の後ろをかいてくれた。

「あきらめるなよ。あきらめちゃだめなんだ。さて、おまえに名前をつけたぞ。エリヤだ。

どうだ？」

なにを言っているんだろう？

「エリヤは、スウェーデン語でヘラジカっていう意味なんだ。いい名前だろ」

わたしに話しかけているのがわかったから、うれしくてしっぽをふった。言葉の意味なんてわからなくてもいい。

「女の子だから、呼《よ》び名はエリーだ」ジェイコブはそう言いながら、歩いてわたしからちょっと離《はな》れた。「来い、エリー、来い」

〈コイ〉は、すぐに覚えた。ジェイコブのお気に入りの言葉のひとつだ。この言葉を聞いて、ようすを見に近づいていったら、ジェイコブはなでてくれて、おやつをくれた。それを何度かくりかえして、〈コイ〉でごほうびがもらえるんだと気づいたから、すぐにジェイコブのところに行くようになった。でも、わたしがいちばん好きな言葉は、〈イイコ〉だ。ジェイコブはいつもこの言葉を言いながら、なでて体をさすってくれる。わたしはうれしくて足先からしっぽまで全身をくねくねしてしまう。ジェイコブの手は、油と車と紙と人間たちのにおいがした。

ジェイコブはなにがあっても怒《おこ》らない。わたしの小さな膀胱《ぼうこう》がいっぱいになって、一気にあふれちゃったときも怒《おこ》らなかった。でも、がまんして外に出てからオシッコしたときは、たっぷりほめてくれたから、それからはできるだけ外でしようと決めた。ジェイコブが喜んでくれそうだから。

わたしはジェイコブを幸せにしたかった。どうすればいいのかは、よくわからなかったけど。

ジェイコブはいつもわたしに対してしんぼう強い。なでてくれたり、〈イイコ〉と言ってくれたりするし、わたしといっしょにいるのが好きみたい。だけど、ジェイコブはいつもなんだか悲しそうだった。わたしと外に行くとき以外は、ほとんどソファにすわっている。音のする箱のスイッチを入れることもあるけど、ただすわったり寝《ね》そべったりして天井《てんじょう》を見ていることもある。近づいていって鼻で手をつつくと、少し耳をなでてくれるけれど、すぐに手がとまってしまう。

わたしはため息をついて、そばで横になる。ソファでならんですわったほうがおたがいにリラックスできると思うけど、ぜったいにソファにはのぼらせてもらえなかった。

わたしがジェイコブのところにきた最初の夜、ジェイコブはあのうるさい音の出る箱をしばらく見てから、あくびをしながら寝室《しんしつ》に向かった。ついていくと、ジェイコブは着ていたものをぬいでベッドにもぐりこんだ。気持ちよさそうだったから、わたしもすかさずとびのった。ジャンプできるぎりぎりの高さだったから、ほめられて、もしかしたらおやつをもらえるかもと思っていた。

ところが、ジェイコブはベッドからおりて、床《ゆか》のふわふわした丸いもののところにわたしをつれていった。「ここがおまえのベッドだ。いいな、エリー」

ジェイコブは大きなベッドにもどってしまった。わたしといっしょに寝《ね》たくないらしい。でも、どうして？　あんなに広いベッドなのに。わたしのベッドは快適《かいてき》だったけど、ひとりぼっちはさびしい。お母さんやきょうだいたちといっしょに寝《ね》ていたときと、ちがいすぎる。これじゃいやだとジェイコブに気づいてもらおうとして、小さく鳴いた。

「エリー、そのうち慣《な》れる」ジェイコブは大きなベッドの中から言った。「みんな孤独《こどく》に慣《な》れなくちゃならないんだ」

しばらくして慣《な》れてはきたけど、やっぱりひとりは好きじゃない。それからも、何度かすきをみてジェイコブのベッドにしのびこもうとした。ジェイコブはどなったり強くおしのけたりはしないけど、ぜったいにベッドにいさせてくれない。だから、わたしは自分のベッドにもどるしかなかった。しばらくするうちに、自分のベッドにいるほうが楽だと思うようになった。

ジェイコブは何日かのあいだずっと家でわたしといっしょにいたけれど、ある朝、それまでとはちがう服を着こんだ。上から下まで黒っぽい色で、腰《こし》に巻《ま》いたひもにはめずらしいものがつるしてある。

「仕事に行くんだ、エリー。心配いらない。すぐ帰ってくる」

ジェイコブは出かけていった。

こんなのいやだ。トラックの荷台にひとりぼっちにされたときもいやだったけれど、あのときはしばらくしたらジェイコブはもどってきた。今度もすぐもどってくるはず。そう信じて、じっと待った。

待つのはとてもつらかった。

しばらく自分のベッドで寝《ね》そべったあと、ジェイコブの毛布《もうふ》に鼻をつっこんだ。ジェイコブのにおいがしてほっとしたけど、すぐ落ちつかない気分になって、リビングに行った。バルコニーに出るガラスのドアから外が見える。ジェイコブが見つかるかも。

でも、ジェイコブの姿《すがた》は見えなかった。

ソファのクッションのにおいをかいでみた。ジェイコブのにおいがする。ジェイコブがくれた骨《ほね》のオモチャを少しかじった。ほとんど味がしないけど、なにかかみたくて歯がうずうずするし、これをかんだときにジェイコブが〈イイコだ〉と言ってくれた。だから、わたしはオモチャをかみながら、さらに待った。

ジェイコブはまだ帰ってこない。

もしかしたら、今度は本当にわたしのことを忘《わす》れてしまったの？　それとも、ジェイコブの身になにかが起きたの？　けがをして帰れなくなったとか？　わたしが助けにいかなきゃならないのかもしれないのに、ここに閉《と》じこめられてて出られない。どうしたらいいの？

小さな声で鳴きながら、ドアの前を行ったり来たりしていると、鍵《かぎ》があく音がして、わたしはとびあがった。ドアがひらいた。ジェイコブがやっと帰ってきた！

「いたいた、わんちゃん、こんにちは！」やさしい声がした。

ジェイコブじゃない。

女の人だ。さっさと入ってきて床《ゆか》にすわりこむと、わたしのほうに両手を広げた。

「わんちゃん、大丈夫《だいじょうぶ》よ。わたしはジョージア。お散歩係よ。いっしょにお散歩に行きましょ。うわ、かわいい！　めちゃくちゃかわいい！　名前はエリーよね？　エリー、エリー、かわいいエリちゃん！　ジョージアのとこにおいで。エリー、来い」

〈コイ〉は知ってる言葉だ。この女の人もジェイコブみたいに、わたしが近づいていったら喜ぶの？

そばに行ってみたら、ジョージアはなでてほめてくれた。

「いい子！　エリー、いい子ね！」

女の人はわたしの首輪にリードをつないで、公園に向かった。わたしはすぐにジョージアが大好きになった。

あのしっぽふさふさの小さな動物を追いかけたら、ジョージアは笑って両手でわたしをなでまわしながら、しゃべりつづけた。〈エリー〉と〈コイ〉以外は知らない言葉だったけれど、ジョージアの声を聞いているのは心地《ここち》よかった。ジョージアはわたしに会って、いっしょにいるのが、とてもうれしそう。ジェイコブはこんなふうにうれしそうな顔はしない。

でも、ジョージアもずっとそばにいてくれるわけじゃなかった。アパートに帰って、わたしをなでて、飲み水をチェックして、わたしの両耳のあいだにキスをすると（ジェイコブはぜったいこんなことはしない）、出ていってしまった。

もう！　犬は人間とずっといっしょにいるものだって、どうしてわからないんだろう？　アパートに置いてきぼりにされて、味のしないゴムの骨《ほね》をかんでいるなんて、もういや！　寝《ね》そべったり骨《ほね》をかんだりもしたけど、ほとんどずっと小さく鳴きながら歩きつづけていた。何時間もたってからドアがあいて、ジョージアがもう一度散歩につれていってくれた。そして、もうがまんの限界《げんかい》だと思ったころ、やっとジェイコブが帰ってきた。興奮《こうふん》して走っていって、後ろ足で立ってジェイコブにとびついたら、きつい声で「いけない！」とおしもどされてしまった。〈イケナイ〉はわたしのいちばんきらいな言葉だ。それからジェイコブは、わたしをなでて耳をさすってくれて、床《ゆか》にできたオシッコの水たまりにため息をついた。公園に散歩に行って、帰ってきて夜ごはんをもらったあとは、ジェイコブは大きなベッドで寝《ね》て、わたしは自分の小さなベッドで丸くなった。

そんな日々がつづいて、〈シゴト〉を始める日がやってきた。

「仕事に行こう」ある日、ジェイコブが言った。わたしはずいぶん大きくなったので、ジェイコブの留守《るす》中《ちゅう》にお散歩係のジョージアが来るのは一日一回だけになっていた。その日のジェイコブはいつもどおりおだやかだったけれど、そのおだやかさの裏《うら》には、なにか特別なものがあるのが伝わってきた。なにかわくわくするようなこと。〈シゴト〉というのは、なにか重要なことにちがいない。

〈シゴト〉といっても、初めは言葉がいくつか増《ふ》えただけだった。公園に行って、いつもの〈コイ〉のほかに、〈フセ〉と〈マテ〉を教わった。〈フセ〉は地面にふせること、〈マテ〉はじっと待つことだ。これはきつかった。わたしが〈フセ〉すると、ジェイコブは歩いて離《はな》れていってしまう。ジェイコブのそばにいるのがわたしの役目だってことを、また忘《わす》れてしまったみたいに！　つぎに〈コイ〉と呼《よ》ばれるまでは、地面の草におなかをつけたままじっとしていなくちゃならない。少し時間はかかったけれど、わたしは〈マテ〉も得意になった。ジェイコブが喜んでいるのがわかって、うれしかった。

ジェイコブはジョージアみたいに愛情《あいじょう》を表に出さない。わたしがいるだけじゃうれしくないようだけど、いっしょに〈シゴト〉をするのはうれしそうだ。だからわたしは、りっぱに〈シゴト〉をしようと心に決めた。

ジェイコブを少しでも幸せにできるなら、わたしはなんでもやる。でも、ジョージアが来たときに「エリー、エリー、かわいいエリちゃん！」と呼《よ》ばれるのも好きだった。

言葉をいくつか覚えると、〈シゴト〉の内容《ないよう》が変わっていった。あるとき、木が多くてあの小さな動物（リスという名前だ）がたくさんいる初めての場所につれていかれた。リスが気になったけれど、なにをすればいいのかわかるまで、ジェイコブのそばでしんぼう強く待った。

少し離《はな》れたところで男の人が車からおりて、手をふりながら歩いてきた。

「やあ、ジェイコブ！」その人は明るく呼《よ》びかけた。

「やあ、ウォリー」ジェイコブはうなずいた。

「この子が新しい犬か？」

「ああ、エリーだ」

ウォリーはしゃがみこんで、なでてくれた。

「よしよし、エリー。さて、うまくできるかな？」

「きっとできる。ためしてみてくれ」ジェイコブが静かに言った。

すると、ウォリーはなんと、いきなり走りだした。

「エリー、あいつはなにをしてる？　どこに行った？」ジェイコブがたずねる。

わたしはウォリーのほうを見た。ウォリーは肩《かた》ごしに何度もこっちをふりかえっている。

「さがせ！　ウォリーはどこだ？　さがせ！」ジェイコブは言った。

声の感じから、〈サガセ〉という新しい言葉をわたしに覚えさせたがっているのがわかった。だけど、なにをすればいいのかわからない。ウォリーがなに？　ウォリーは離《はな》れたところで興奮気味《こうふんぎみ》に手をふっている。ウォリーに向かって歩きだしてみた。これでいいの？　ジェイコブはこれを望んでいるの？

わたしが近づいていくと、ウォリーはかがみこんで笑顔《えがお》で手をたたき、棒《ぼう》をとりだした。棒《ぼう》は大好き！　食らいついたら、ウォリーがぎゅっと棒《ぼう》をにぎったので、引っぱりっこが始まった。これはおもしろい！　〈フセ〉と〈マテ〉よりずっといい。

そのあと、ウォリーは立ちあがって、ひざの土をはらった。

「見てごらん、エリー。ジェイコブはなにをしてる？　ジェイコブをさがせ！」

わたしはあたりを見まわした。〈サガセ〉は、ウォリーのそばに行けっていう意味じゃないの？　となりにいるのに、どうしたらいいの？

ジェイコブが歩いて離《はな》れていったので、わたしは走って追いかけた。やっぱりジェイコブのそばがいい。「いい子だ！」ジェイコブも棒《ぼう》を出して引っぱりっこをしてくれた。わたしはうれしくて、しっぽを大きくふった。

正直いって、〈サガセ〉のゲームはかんたんすぎたけど、ウォリーとジェイコブが楽しそうだったので、その午後はしばらく〈サガセ〉をつづけた。ジェイコブを喜ばせたいし、棒《ぼう》の引っぱりっこをしたいから。〈ウォリーをサガセ〉はわたしの大得意になった。

わたしは〈シゴト〉をしっかりやって、ジェイコブに〈イイコ〉だとほめられた。〈サガセ〉のゲームはジェイコブにとって大事みたいだから、わたしはいっしょうけんめいやろうと思った。ジェイコブのためにイイコでいたい。寝《ね》ているときに、〈ウォリーをサガセ〉ゲームの夢《ゆめ》を見たこともあった。

3 訓練の日々

ほとんど毎日ジェイコブと公園に行った。公園にはいつもウォリーがいて、ときどきウォリーの友だちのベリンダもいっしょだった。

〈ウォリーをサガセ〉ゲームはだんだん難《むずか》しくなっていった。ウォリーはスピードをあげて走ったり、離《はな》れたところからスタートしたり、木や茂《しげ》みのかげにかくれたり。でも、わたしはだまされずに、いつもちゃんとみつけだした。みつけると必ずほめてもらえて、棒《ぼう》で遊んでもらえる。棒《ぼう》の引っぱりっこは、〈シゴト〉の中でいちばん楽しかった。

ある日、ゲームのやり方ががらりと変わった。その日、ジェイコブといっしょに公園に行くと、ウォリーはいなかった。今日はジェイコブと棒遊《ぼうあそ》びをするのかなと思った。ジェイコブはふだん〈シゴト〉のときは遊んでくれないけれど、夕方の散歩ではよく棒遊《ぼうあそ》びをしたり、ポケットからボールを出して投げてくれたりする。

でも、ジェイコブは遊ぼうとはせず、わたしを見て〈サガセ〉と言った。

えっ？　なにをさがすの？　ウォリーはいないのに。そういえば、ウォリーはどこだろう？

地面のにおいをかいでみた。ウォリーのにおいがすればすぐわかる。汗《あせ》や皮膚《ひふ》のにおい、使っているせっけんのにおい、いつもかんでいる、つんとするガムのにおい——すべてが混《ま》じりあってウォリーのにおいができあがっている。ウォリーは近くにいるの？　どこ？ジェイコブが棒《ぼう》を投げないのは、ウォリーが棒《ぼう》をもっているから？

「いい子だ、エリー。いい子だ。さがせ！」

わたし、イイコなの？　においをかいだだけでほめてくれるの？　わたしは真剣《しんけん》ににおいをかぎながら歩きだした。

みつけた！　ウォリーのにおい！　においがするから、そばにいるはず！　まだ新しくて強いにおい。ついさっきまでここにいたんだ。ウォリーはなにをしているんだろう？わたしにみつかるまえに逃《に》げだしたの？　それじゃゲームにならないのに。

わたしはウォリーの歩いた跡《あと》をたどってみた。ジェイコブが後ろからついてくる。わたしがにおいに集中できるようにと思っているのか、だまっている。ほめてくれないけど、うれしそうなのは伝わってくるから、これでいいんだ。

ウォリーの通った道筋《みちすじ》のそばで、いいにおいがした。ジェイコブがときどき食べるサンドイッチみたいなにおいだ――パンとローストビーフとへんな辛《から》いソース（どうして人間はあんなものが好きなんだろう？）、それにちょっと変わった植物も入っている。見ると、草の上にサンドイッチの包み紙が落ちていた。おいしそうなにおいで、よだれが出そう。

「さがせ、エリー。さがせ！」ジェイコブが熱心に声をかけてくる。

わたしは包み紙から鼻をそむけた。これは〈シゴト〉なんだから。集中しなくちゃ。

ルールは変わったけど、ゲームの目的は同じ。ウォリーをさがすこと。

だから、道筋《みちすじ》が難《むずか》しくなっても、においをたどりつづけた。ベンチのまわりをぐるりと一周したとき、すわっていた人間ふたりがほほえみかけてきた。そのひとりの女の人がわたしに手をのばした。なにかにおいがする。おいしそうなにおいだ――クリームチーズをぬったベーグル！　ジェイコブがときどき朝食のときにちぎってわたしのお皿に入れてくれる。ベーグル大好き！　食べたい！

わたしがベンチに一歩近づいたとき、後ろからジェイコブが言った。

「すみません、やらないでください。訓練中なんで」

「あ、ごめんなさい」女の人は手を引っこめた。

わたしはすぐに鼻を地面にもどした。クリームチーズのベーグルは大好きだけど、〈サガセ〉ゲームの目的はそれじゃない。そのあと、足の長い子犬がバカみたいにしっぽをふりながらとんできて、前足を地面にのばして「遊ぼうよ」のポーズをとったけど、それも無視《むし》した。これは遊びじゃなくて、〈シゴト〉なんだから。ジェイコブとわたしは〈シゴト〉をしている。子犬とじゃれている時間なんてない。

ウォリーのにおいをたどって、木立に入っていった。先に通った犬たちのにおいがした。三匹《びき》か四匹《ひき》、草にオシッコをかけていったらしい。わたしも自分が来た印に、上からオシッコをかけてやりたい誘惑《ゆうわく》にかられた。この木立はあんたたちだけのものじゃないって教えてやりたい。

だけど、ウォリーがこのあたりにいる。においがどんどん強くなってきた。わくわくする。しっぽが勝手に動きだして、耳がぴんと前を向いた。鼻がいそがしく働いている。ウォリー？　ウォリー？　もうすぐつかまえられるはず。

いた！　においをたどって大きな木をぐるりとまわっていくと、ウォリーが太い木の根を背《せ》もたれにして草に寝《ね》そべっていた。

わたしに気づくと、ウォリーはとびおきた。

「やった、エリー！　みつけたんだな！」

「いい子だ！　すごいぞ！」ジェイコブもほめている。すぐに棒遊《ぼうあそ》びが始まって楽しかったけれど、それよりもっとうれしかったのは、ジェイコブのはずんだ声だった。

「優秀《ゆうしゅう》だな！　十分もたってなかったぞ」ウォリーがジェイコブに言った。

「ああ、優秀《ゆうしゅう》だ」ジェイコブもすぐにうなずいた。

「この子はきっと特別な警察犬《けいさつけん》になるぞ」

ジェイコブはわたしの耳の後ろをかいてくれた。「ああ、そうだな」

つぎの日も、ジェイコブとわたしが公園についてもウォリーはいなかった。そこからウォリーをさがして追跡《ついせき》をはじめる。ウォリーをさがしにいくのはわたしだけで、ジェイコブはついてこない。だから、〈オシエロ！〉という新しい言葉がくわわった。木の下に寝《ね》そべったり茂《しげ》みのかげにすわりこんだりしているウォリーを発見すると、わたしはいったんジェイコブのところにもどる。ジェイコブに〈オシエロ！〉と言われたら、ウォリーの居場所《いばしょ》に案内する。ときには、ウォリーのソックスやT《ティー》シャツが地面に落ちているのを発見して、それをジェイコブに教えることもある（ウォリーはとてもだらしなくて、なんでも置きっぱなしにするから、ジェイコブとわたしがみつけてひろわなくちゃならない）。わたしがなにかをみつけて教えようとしているときは、ジェイコブはすぐに気づいて、〈オシエロ！〉と言う。

だんだん〈シゴト〉が得意になってきたころ、ジェイコブに新しい場所につれていかれた。そこは遊具のある広場みたいなところだった。よく夕方の散歩で行く公園にも遊具があって、小さな人間たちが子犬みたいにかけまわって、はしごにのぼったり、すべり台をすべりおりたり、ブランコで空に舞《ま》いあがったり、はしゃいでいる。でも、この広場には子どもはいない。それに、ここにはウォリーがかくれるような木も茂《しげ》みもなくて、どうやって〈ウォリーをサガセ〉ゲームをするのか、さっぱりわからなかった。

ジェイコブはまず、ななめに立てかけた板にわたしをのぼらせようとした。片方《かたほう》だけ地面についていて、もう片方《かたほう》は空中にあがっている板だ。わたしはにおいをチェックしたけど、ウォリーのにおいはまったくしなかった。

どうやら、〈シゴト〉というのは、〈ウォリーをサガセ〉だけではないらしい。

ジェイコブはリードをやさしく引いて、わたしを板にのぼらせようとした。そんなのかんたんだ。わたしは板に乗って歩いた。端《はし》まで進むと今度はくだりのはしごがかかっていた。

はしごはちょっと苦手だった。どこに足をのせたらいいのか、わからない。おそるおそる片方《かたほう》の前足をはしごの棒《ぼう》にのせてみた。そして、もう片方《かたほう》も。

「いい子だ、エリー。その調子だ」

ジェイコブが声をかけてくれたけど、安全な地面におりたくなって、はしごからぴょんととびおりた。

「ノー！　とんじゃだめなんだ」

ジェイコブがなにを言っているのかわからなかったけれど、〈ノー〉なら知っている。わたしがきらいな言葉のひとつだ。

板をのぼってはしごをくだる。これを何度も何度もくりかえしやらされた。そのうち、わかってきた。時間がかかってもいいから、一歩ずつしっかりおりればいい。

「いい子だ、エリー！」

わたしは〈イイコ〉と呼《よ》ばれるのが大好き。

つぎにチャレンジしたのは、つみあげた丸太だった。足元がガタガタで歩きにくい。わたしが歩きなれているのは、草や土の地面や歩道、それから家の中のフローリングやカーペットの上だ。丸太の上では、バランスをとりながら、どんどんつぎの丸太へとびうつらなくちゃならない。

「来い、エリー。いい子だ、エリー！」

ジェイコブの声にはげまされながら、丸太の上を歩いた。

つぎはトンネルだった。ビニールの太い管のところにつれていかれて、おそるおそるにおいをかいでみた。ウォリーの気配はないけど、ウォリーがしゃがめば中を通れるくらいの太さだ。先に通ったほかの犬のにおいがうっすら残っているほかは、ビニールのにおいがするだけだった。

ジェイコブがトンネルの反対がわからさけんだ。「来い、エリー。来い！」

このトンネルをくぐって向こうに行くの？

すぐに指示の言葉《コマンド》に従《したが》ったほうがいいのはわかっていた。〈シゴト〉のときは、ごまかしはきかない。ぐずぐずしてちゃだめ。〈シゴト〉は、ジェイコブのコマンドどおりにすぐさま行動すること。

でも、トンネルの中は暗い。中はどうなっているんだろう？

「来い！」

もう一度言われて、動きだした。トンネルの中をつき進む。前足がつるつるしたビニールを引っかく。後ろ足が地面をける。せまくて暑い。ビニールのへんなにおいがする。いやな気分だった。壁《かべ》がまわりからせまってきて、おしつぶされそう。早く通りぬけたい。外に出たい。ジェイコブが呼《よ》んでるところにたどりつきたい。

最後にひとふんばりして、思いきり後ろ足でけると、新鮮《しんせん》なにおいの草の上に出た。

「いい子だ、エリー。いい子だ！」

ジェイコブの手がわたしの体を力強くなでて、耳をかいてくれた。わたしは少し息切れしていた。きつかったけど、〈シゴト〉をやりとげた。

その広場にはそのあと何度も行った。わたしはジェイコブのコマンドに従《したが》って、のぼったり、バランスをとったり、はって進んだり、なんでも覚えていった。トンネルはどうしても好きになれなかったけれど、ジェイコブにはそれを気づかれないように、コマンドを聞くとすぐにとびこんで、大急ぎでくぐりぬけた。

あるとき、ジェイコブはオレンジ色のハーネスをもってきた。服みたいに体にとりつけるようになっていて、最初に着せられたときは、ずっと前にT《ティー》シャツをかぶせられたときみたいに脱出《だっしゅつ》してみせればいいのかと思ったけど、そうじゃなかった。

「いいぞ、エリー、ハーネスをつけてるときは、じっとしているんだ」

ジェイコブはわたしの背中《せなか》になにかとりつけて、少し離《はな》れた。わたしはジェイコブを見つめた。なにをするつもり？

なにかに背中《せなか》を引っぱられた。びっくりして後ろをふりかえったけど、なにもない。

引っぱる力がどんどん強くなって、上にもちあげられた。足が浮《う》いている！

「エリー、だいじょうぶだ。エリー、いいんだよ。心配いらない。救助犬はつりあげられるのに慣《な》れておかないといけないんだ」

わたしはわけがわからなくなった。足が地面につかないなんて！ 逃《に》げだしたくなったけれど、足が空中に浮《う》いているからどうしようもない。それでも、パニックにはならなかった。ジェイコブの冷静な声を聞くと安心できる。ジェイコブは〈シゴト〉のときだけ見せるあの表情《ひょうじょう》でわたしを見ていた。つまり、これも〈シゴト〉のひとつ。ということは、どんなにへんな感じがしても、受け入れなくちゃならない。

二分くらいたってから、高さ一メートルほどある台の上におろされた。ジェイコブが急いでのぼってきて、ハーネスにつけたケーブルをはずしてくれた。

「いい子だ、エリー。いい子だ！ おまえは強いな」

わたしは少しふるえていたけど、ジェイコブが両手でしっかりと体をさすってくれたから気分が落ちついた。その後も何日かハーネスの練習をして、空中につりあげられても、少しのあいだがまんすれば足がつくところにおろしてもらえることを覚えた。

あるとき、ジェイコブは腰《こし》の特別なポケットからなにかをとりだして、わたしに見せた。

「いい子だ、エリー。これは拳銃《けんじゅう》だ。いいか？」

拳銃《けんじゅう》を見て、においをかいでみた。ジェイコブが投げるのをとりにいくのかと思ったら、ちがったのでほっとした。重くてまともに飛んでいきそうにないし、へんなにおいがして口でくわえるのはいやだったから。

ジェイコブが拳銃《けんじゅう》を空中に向けると、耳がはりさけるような強烈《きょうれつ》な音がした。わたしはとびあがってほえた。でも、ジェイコブが何度か同じことをくりかえしたので、わかってきた。ただ音がするだけだ。好きにはなれないけれど、害はない。

「こわがらなくていいんだ。拳銃《けんじゅう》だよ、エリー。大きな音がするけど、こわくない。いいな？」

こわくなかった。拳銃《けんじゅう》だって〈シゴト〉の一部。〈シゴト〉はぜんぜんこわくない。

4 水が苦手な犬

拳銃《けんじゅう》を見せられてから何日かたったある日、新しい広場につれていかれた。長いテーブルがいくつかあって、拳銃《けんじゅう》をベルトにつけた人たちがすわっていて（男の人が多くて女の人は少ない）、わたしたちに話しかけてきた。

「やあ、ジェイコブ！　すわれよ」

「これが新しい犬だな？」

「久《ひさ》しぶりだな！」

「合格《ごうかく》おめでとう、ジェイコブ！　だれか記念に写真をとってくれ」

これは〈シゴト〉じゃないみたいだった。テーブルの人たちはしゃべったり、笑ったり、食べたりしている。わたしは地面に落ちたポテトチップスのかけらをみつけて（おいしかった！）、もっとないかと思いながらジェイコブのそばにふせた。

ジェイコブはわたされた茶色いびんの中身を飲んでなにか食べたけど、ほかの人たちみたいにしゃべったり笑ったりはしなかった。

「なあ、ジェイコブ?」だれかが言った。

ジェイコブはなにも答えない。わたしは体を起こして、鼻でジェイコブの手をつついた。ジェイコブはなでてくれたけど、なにかほかのことを考えているみたいだった。

「なあ、ジェイコブ、そうだろ?」

ジェイコブはふりむいて、みんなに見られているのに気づいたようだ。とまどっている。

「なにが?」

「今度町で暴動《ぼうどう》が起きたら、警察犬《けいさつけん》もみんな戦うんだよな?」

「いや、エリーはそういう犬じゃない。エリーは人におそいかかったりしない」ジェイコブはだれにともなく冷たくつぶやいた。

自分の名前が出てきたので、やっぱり〈シゴト〉なのかと身がまえたけど、コマンドは出されなかった。みんなに見られて、わたしは少しジェイコブにすりよった。みんなまたしゃべりだしたけれど、だれもジェイコブには話しかけない。わたしがジェイコブの手を鼻でつつくと、ジェイコブは耳の後ろをかきながらやさしく言った。

「いい子だ、エリー。散歩に行こうか」

〈サンポ〉？　わたしの好きな言葉だ。勢《いきお》いよくしっぽをふった。〈サンポ〉はポテトチップスと同じくらいうれしい。

そばに人間用の遊具のある広場があって、まがりくねった小道がいくつもあった。わたしは目立ちたがりのリスがそばを走りぬけたときに一度ほえただけで、あとはずっとジェイコブの横について歩いた。しばらく行くと、大きな水たまりがあった。真ん中から水が空高くふきあがって、白い霧《きり》と泡《あわ》になっている。水面に鼻をよせて、どんな味がするかなめてみた。うわ！　ひどい味。すっぱくて、薬っぽい味で、とても飲めない。ぶるぶる首をふると、ジェイコブが小声で笑った。

「噴水《ふんすい》の水はうちのと味がちがうだろ？　よし、エリー」ジェイコブは棒《ぼう》を一本ひろった。

「とってこい！」

〈トッテコイ〉は大好き。ジェイコブが勢《いきお》いをつけて棒《ぼう》を投げると、棒《ぼう》は水面に落ちた。

水たまりの真ん中に！

わたしは前かがみになって、へんなにおいの水に鼻を近づけた。前足をちょっとつけてみる。冷たい！　足を引っこめた。

わたしはもう水飲みの器《うつわ》をこわがるような子犬じゃない。だけど、どうしてもいやだった。水が多すぎる。でも、ジェイコブがあの棒《ぼう》をほしがっている。すぐにとってこないと、ジェイコブはいつもいやそうにする。

わたしは後ろ足でしっかりふんばりながら、前足だけ水の中につこうとした。ところが、深くて足が立たない！　顔から水に落ちて、目と鼻に水がどっと入ってきた。息ができない！　動転しながら必死にもがいて水からあがり、ぶるぶる体をふって水をはらった。

「とってこい！　棒《ぼう》をとるんだ、エリー！」

もうやめて！　また水に入るなんて、ありえないから。

噴水《ふんすい》の水は冷たいし、水面があがったりさがったりして水がバチャバチャゆれている。危険《きけん》すぎる。ぜったいいやだ。

「棒《ぼう》だ！」ジェイコブはゆずらない。

棒《ぼう》がほしいなら、あっちにもあるでしょ？　わたしは芝生《しばふ》を走っていって、ちょうどいい大きな棒《ぼう》に前足をそろえてとびついた。それを口でくわえて、ジェイコブにふって見せる。ほら、どう？

「エリー、来い」ジェイコブがきびしい声で指示《しじ》した。

やっぱりだめだった。わたしはしっぽをたらしてジェイコブの前に行くと、棒《ぼう》を地面に置いた。

「水がきらいなんだな?」ジェイコブはしゃがみこんで、わたしの目を見た。「それは困《こま》ったな。エリー、棒《ぼう》をとってくるんだ。おまえならできる。泳ぐんだ」

泳ぐ? 水に入っていくのは、もう無理。できない。

ジェイコブは新しいほうの棒《ぼう》をとって、それも水の中に投げた。もうやめて!

「行くんだ、エリー。そんなに難《むずか》しいことじゃないぞ。とってこい!」

どうして、ほかのところに投げてくれないの? わたしは少し走って、投げてほしい方向を伝えようとした。ジェイコブ、こっち。棒《ぼう》は地面に投げて! 噴水《ふんすい》じゃなくて地面に!

ところが、ジェイコブはつぎの棒《ぼう》も噴水《ふんすい》に向かって投げた。おまけに、もう一本。わたしは小さく鳴いて、いやだと伝えようとした。水は危険《きけん》だ。人間も犬も水になんか入らないほうがいい。

「よし、じゃあ……」ジェイコブはなにか考えこみながら、わたしを見つめた。

そして、水にとびこんだ。

たった今までわたしの横にいたのに、ジェイコブの姿《すがた》が消えた。水の中にたおれこんで、腕《うで》をふりまわしながらしずんでいった。

ジェイコブ！　わたしは噴水《ふんすい》のふちを行ったり来たりしながら、ジェイコブを呼《よ》んでほえた。ジェイコブが水に消えた！

指示《しじ》されなくても、なにをすればいいかはわかった。棒《ぼう》をとりにいくみたいに、ジェイコブをとりにいく。水に入らなくちゃならない。

入りたくない。でも、ジェイコブが水の中にいる。つれもどしにいかなくちゃ！

つぎの瞬間《しゅんかん》、わたしも水の中にいた。

前足が勝手に動いて、わたしはなんとか水をかきながらジェイコブに近づいていった。でも、水はやっぱりおそろしい。水をふくんだ毛がずっしり重くて、思うように動けない。へんなにおいの水が目に入る。口と鼻にもおそいかかってくる。痛《いた》い！　ジェイコブのにおいがわからなくなった。なんのにおいもしない。だんだんパニック状態《じょうたい》になってきた。

もうずいぶん時間がたったのに、ジェイコブは水から出てこない。わたしはジェイコブをみつけられない。さがすのがわたしの役目なのに。〈シゴト〉なのに。ふたりの〈シゴト〉なのに。わたしはジェイコブをみつけなくちゃならないのに。

水におなかをくすぐられた気がして、ふと下を見た。びっくりしてまばたきをした。ジェイコブ！

ジェイコブがわたしをかかえて起きあがった。水はジェイコブの腰《こし》のあたりまでしかない。ジェイコブは首をふって水をはらうと、短くハハッと笑った。

「いい子だ、エリー。できたな。ちゃんと追ってきた。いい子だ！」

ジェイコブは噴水《ふんすい》のふちまでわたしをおしていって、かかえて外に出してくれた。ふたりで水をしたたらせながらすわる。ジェイコブがわたしを軽くたたいて、ぬれた耳のまわりをかいてくれた。

「おいおい！」ジェイコブと同じ黒っぽい服を着た男の人が走ってきた。「噴水《ふんすい》で泳ぐのは禁止《きんし》だ。こんなところで犬を遊ばせて、どういうつもりだ？」

「遊んでるわけじゃないんです」ジェイコブはベルトからなにか光るものを出して、その人に見せながら言った。「警官《けいかん》です。警察犬《けいさつけん》の訓練中なんです」

5 警察《けいさつ》デビュー

水に入ったことをジェイコブが喜んでくれたのはうれしかったけど、つぎの日、噴水《ふんすい》じゃなくていつもの公園につれていかれたときは、ほっとした。水中より陸の上でさがすほうがずっといい。

ウォリーはいなかった。もうこれにも慣《な》れている。耳をぴんと立てて、〈サガセ〉のコマンドを待ちながらジェイコブを見あげた。ところが、ジェイコブの行動はいつもとちがった。トラックから古い上着をもってきて、わたしに見せた。

「さがせ、エリー。さがせ!」

コートをさがすの? なんだかへんだ。コートはすぐ目の前、ジェイコブの腕《うで》の中にあるのに。

鼻先にコートをさしだされて、わたしはにおいをすいこんだ。ウォリーじゃない。ほかの人のにおい。男の人だ。汗《あせ》と、なにか甘《あま》いものをこぼしたにおい。コーヒーのにおい。それに、人間が口にくわえるへんな白い棒《ぼう》から出る煙《けむり》のにおい。

「さがせ、エリー!」

とまどいながらも、まわりの草をかいでみた。いつも〈サガセ〉はにおいをかぐことから始まるから。思ったとおり、コートと同じにおいがみつかった。

何度もウォリーのソックスやT《ティー》シャツをみつけてジェイコブに教えたことを思いだした。たぶん、あれと同じだ。ただし、さがすのはこのコートじゃなく、このコートを着ていた人だ。

なにをすればいいかがわかったら、あとはかんたんだった。においの跡《あと》は新しくてはっきりしていたから、草の上のにおいを追跡《ついせき》するのは難《むずか》しくなかった。ふたつのベンチのあいだを通って、木の下を進んでいくと——いた! 黄色いセーターと茶色い帽子《ぼうし》の男の人で、例の白い棒《ぼう》を口にくわえている。走ってジェイコブのところにもどると、ジェイコブはすぐにわたしがなにか発見したのに気づいて、男の人がいるところまでついてきた。男の人は立ちあがってジェイコブと握手《あくしゅ》した。ジェイコブはわたしと棒遊《ぼうあそ》びをたっぷりしたあと、その人にお礼を言った。

つぎの日は、また変わったことをした。いっしょに公園に行くと、ジェイコブはなにも見せずに、ただ下を向いて〈サガセ〉と言った。

わたしはあたりのにおいをかいでみた。あのコートの男の人のにおいはしない。ウォリーのにおいもしない。わたしはジェイコブを見あげた。なにをしてほしいんだろう？

ジェイコブはわたしをじっと見て、もう一度言った。「さがせ！　エリー、さがせ！」

なにかヒントがあるかと、また地面のにおいをかいでみた。いろんなおもしろいにおいがする。草のにおい。その下の土のにおい。ほかの犬がオシッコしたにおい。ポップコーンのにおい。夜中にアライグマが歩いたにおいの跡《あと》。何時間か前にウサギがぴょんぴょんはねていった跡《あと》。人の足や動物の足の跡《あと》がいくつも交差している。わたしはさらに真剣《しんけん》ににおいをかいだ。

「不特定の人をさがす場合もあるんだよ、エリー」ジェイコブは言った。

わたしは自分の名前を呼《よ》ばれたので、ジェイコブを見あげた。

「いいか？　さがせ！」

またコマンドがかかったので、わたしは鼻を地面に近づけた。

ひとつ、新しくてきわだっているにおいがあった。女性《じょせい》……女の子のにおいだ。少し追《つい》跡《せき》してみた。その人はゴムの靴《くつ》をはいている。朝食にクリームチーズを食べたみたい。あっちに進んでいった。まちがっていないか心配になって、わたしはジェイコブのほうをふりかえった。ジェイコブは〈シゴト〉のときの表情《ひょうじょう》でじっと立って、一心にわたしを見ていた。

これでいいのか半信半疑《はんしんはんぎ》のまま、地面に鼻をもどした。ジェイコブが〈サガセ〉と言っている。ここでいちばんさがしやすそうなのは、クリームチーズを食べた女の子だ。わたしは追跡《ついせき》をつづけた。

においをたどっていくと、ベンチがあった。立ちどまって真剣《しんけん》ににおいをかぐ。女の子はしばらくこのベンチにすわっていたらしい。靴《くつ》や服や皮膚《ひふ》や髪《かみ》のにおいが残っている。でも、今はこのベンチにはいないから、まだ〈サガセ〉は終わっていない。

女の子のにおいをたどってベンチを離《はな》れて、やわらかい草の生えた地面を進んでいった。そこでは少年たちがボールを投げてさけんでいて、わたしの鼻先に赤いボールがころがってきた。ボールをくわえて、投げた少年のところにもっていくのはかんたんだ。ジェイコブは見ていないし、ほんの一分か二分で済《す》む。ボールは鼻からほんの十センチのところにあるんだし……。

でも、女の子は？　わたしはジェイコブに指示《しじ》されて女の子を追跡中《ついせきちゅう》だ。中断《ちゅうだん》してボール遊びをするわけにはいかない。今は遊ぶ時間じゃない。これは〈シゴト〉。遊びは後だ。

女の子のにおいはぬかるんだ小道につづき、そこからは木々の根っこをよけるように先に進んでいた。ヘビみたいにまがった太い根をとびこえると、女の子が木の下で本をひざに広げてすわっていた。

女の子はわたしを見てにっこり笑ってから、本に目をもどしてページをめくった。

わたしはU《ユー》ターンして草地をつっきると、キャッチボールの少年たちのあいだをぬけて、ジェイコブのところにかけもどった。これでいいのか少し不安だった。これがジェイコブの望みなのか？

正解《せいかい》だったらしい。わたしがそばに行くと、ジェイコブはすぐに「教えろ！」とさけび、女の子のところに案内すると、「いい子だ！　エリー、いい子だ！」とほめてくれた。

女の子が本を下に置いて、わたしたちを見あげながらたずねた。

「なにをしてるの？」

「この子は救助犬なんだ。人をさがす訓練をしているところなんだよ」ジェイコブは答えた。

「それで、あたしをみつけたの？」女の子はにっこり笑った。

「ああ、そうだよ」

ジェイコブは棒切《ぼうき》れをひろって、木かげで棒《ぼう》の引っぱりっこをしてくれた。ウォリーなら、発見すると必ず棒遊《ぼうあそ》びをしてくれるけれど、この女の子は自分が遊び相手をしなきゃいけないのを知らないようだった。それでもかまわない。だれかがかわりに遊んでくれればいい。

女の子はあまり頭がよさそうじゃなかったけれど、やさしい子だった。わたしが近くにいくと、笑いながら手をのばしてきた。クリームチーズをくれるかなと思ったけど、もっていなかった。それでも、わたしの耳の後ろをかいてくれたから、うれしかった。

つぎに発見した人は、あまり感じのいい人じゃなかった。大きなめがねみたいなへんなものを目に当てて茂《しげ》みの中にかがみこんでいて、しばらくお風呂《ふろ》に入っていないみたいなすっぱいにおいがした。だれかがホースで水をかけてあげればいいのに。

その人はわたしに気づくと、「しっ！」と言った。そのあとジェイコブをつれていくと、立ちあがって顔をしかめた。ジェイコブは〈イイコ〉だとほめてくれて、その人がいる茂《しげ》みのそばで棒遊《ぼうあそ》びした。

「犬と遊ぶなら、どこかよそに行ってくれないか？　アカフウキンチョウが逃《に》げるじゃないか」男の人はぶつぶつ言った。

「ああ、鳥の観察《かんさつ》ですか。すみません」

会話の内容《ないよう》はわからなかったけれど、男の人はきげんが悪そうだった。ジェイコブのほうはあまり気にしていない。

それから何日かで、わたしたちはたくさんの人をさがして発見した。発見されて喜ぶ人もいたし、いやがる人もいた。でも、相手の態度《たいど》に関係なく、ジェイコブは必ず〈イイコ〉だとほめてくれた。わたしはこれも〈シゴト〉なんだとわかってきた。人をさがして、ジェイコブに居場所《いばしょ》を教える。その人がさがしていた相手かを判断《はんだん》するのはジェイコブ。わたしの役目は発見して教えるまでだ。

ジェイコブと暮《く》らしはじめて一年ほどたったころ、新しい場所に〈シゴト〉に行くようになった。そこにはたくさんの人がいて、ほとんどの人がジェイコブみたいな服を着ている。みんな明るくわたしの名前を呼《よ》んでくれるけれど、ジェイコブが〈ツケ〉とコマンドを出すと、わたしはぴったりジェイコブの横について歩きだすので、みんなだまって一歩さがった。

新しい〈シゴト〉の場所には、ほかにも犬がいた。ジェイコブはわたしを囲いのところにつれていった。「ここが犬舎《けんしゃ》だ、エリー」

中には、ケイミーとジプシーという二頭の犬がいた。ケイミーは真っ黒で、ジプシーは茶色。

ジェイコブが扉《とびら》をあけてわたしを中に入れると、二頭がくんくんにおいをかぎにきた。わたしはじっと立って待った。つぎは、こっちがにおいをかぐ番だ。まともなにおいだった。ジプシーはわたしと同じくらいの歳《とし》のメス。ケイミーは年上のオス。ケイミーはわたしをチェックしたあと、興味《きょうみ》がなかったのか、ため息をついて地面に寝《ね》そべった。

ジプシーのほうは、ふわふわの緑色のボールを口にくわえてきて、いったん下に置いて少しころがしてから、また口にくわえてこっちを見た。

ふうん、ボールね。ボールで遊ぶと楽しいよね。どうしてジプシーだけボールをもって、わたしの分はないの？

ボール遊びはきらいじゃないけど、ジプシーだけがボールをもってるのが、なんだか気に入らない。つぎにジプシーがボールをころがしたときに、わたしは横からとびついた。

ジプシーもボールを追いかけたけど、こっちのほうが速い。ボールはもうこっちのもの！ジプシーが追いかけてきて、ふたりで犬舎《けんしゃ》じゅうかけまわった。ケイミーの鼻先をかすめて通ったとき、ケイミーはうなり声を出した。そろそろジプシーにボールを返してあげなくちゃ。

しばらくして、ジェイコブが庭に出てきたので、わたしはすぐにボールを落として、フェンスのそばにすわった。ジプシーはそのボールをとったけど、やっぱりフェンスのほうに来た。ケイミーも起きあがって耳を立てた。

〈シゴト〉の時間？　そうではなさそうだった。

「うまくやってるか？」

ジェイコブはこっちを見てうなずくと、フェンスごしにわたしの耳をかいただけで行ってしまった。

これが犬舎《けんしゃ》での日常《にちじょう》だった。ジプシーとわたしは時間があれば遊ぶ。年上のケイミーはただ見ている。人が建物から出てくると遊びはおしまい。ダッシュでフェンスまで行って〈シゴト〉の開始を待つ。

ジプシーと組んでいる警官《けいかん》はポールという名前で、ふたりはしょっちゅう〈シゴト〉に出かけていった。ときどき庭で〈シゴト〉をしているのを見かけるけど、やり方がおかしい。ジプシーは箱の中や衣類の山に鼻をつっこむ。そんなところに人がいるわけないのに。そして、鼻でさしてポールになにかを教える。おかしいのは、だれも発見してないのに、ポールがジプシーをほめること。そして、ポールは教えられた場所から小さな袋《ふくろ》をとりだす。

ケイミーはジプシーの〈シゴト〉を見物したりしなかった。かわいそうで見ていられなかったんだと思う。ケイミーと組んでいる警官《けいかん》はエイミーという女の人だけど、ふたりはたまにしか出かけない。でも、出かけるとなったら、ものすごく動きが速い。エイミーが来てケイミーを犬舎《けんしゃ》から出すと、走ってどこかに行ってしまう。

ふたりがなにをしているのかよくわからなかったけれど、きっと〈サガセ〉ほど重要な仕事じゃない。

あるときエイミーがポールに声をかけた。

「今週はどこで仕事？」

「また空港で麻薬《まやく》の密輸《みつゆ》のとりしまりだ。病気で休んでる人がいるからいそがしいんだ。爆発物処理班《ばくはつぶつしょりはん》のほうは最近どう？」

「わりとひまよ。でも、ケイミーのことが心配なの。成績《せいせき》がちょっと落ちててね。鼻が悪くなってきたのかな」

自分の名前が出てきたのに気づいて、ケイミーが顔をあげた。

「えっと、もう十歳《さい》だっけ？」ポールがたずねた。

「もうすぐね」エイミーが答えた。

ジェイコブが近づいてくる気配を感じて、わたしは立ちあがって身ぶるいした。何秒後かにジェイコブが角をまわってきた。ほかの警官《けいかん》たちといっしょにフェンスの外に立ってしゃべっている。わたしたちは早く囲いから出してほしいと思ってじっと見ていた。

そのとき、とつぜんジェイコブの興奮《こうふん》が高まったのが伝わってきた。自分の肩《かた》に向かってしゃべっている。人間がときどきやる、四角いものを顔の近くにもってきて話しかけるときとよく似《に》ていた。

「10－4、こちら8K《ケイ》6」

エイミーがフェンスの扉《とびら》に走ってきた。ケイミーがとびあがったけど、エイミーが呼《よ》んだのはわたしだった。「エリー、来い！」

ジェイコブが外に走りだし、わたしはエイミーを追いこしてジェイコブについていった。

庭から出ると、わたしは小型トラックの後ろのケージに乗せられた。ジェイコブの興奮《こうふん》がうつったように、わたしも息が荒《あら》い。

これからなにが起きるのかわからないけど、〈ウォリーをサガセ〉よりずっと重要なことだ。

6 初めての任務《にんむ》

ジェイコブの運転するトラックは、大きな平屋の建物についた。玄関《げんかん》の外に人が集まっていて、トラックがとまると、その人たちの緊張感《きんちょうかん》が伝わってきた。ジェイコブはわたしをなでに来たけれど、「いい子だ、エリー」と素《そ》っ気《け》なく言っただけで、わたしを残して離《はな》れていった。

そわそわしながら見ていると、ジェイコブは玄関《げんかん》に近づいていった。なにをしているの？　どうしてわたしを置いていくの？　いっしょに〈シゴト〉するんじゃないの？　コマンドが出されるまでじっと待つのには慣《な》れているけれど、がまんできずに小さく鳴いてしまった。

何人もがいっせいにジェイコブに話しかけている。

「いなくなったのに気づいたのはランチの時間なんですけど、いつからいなかったか、だれにもわからないんです」

「マリリンはアルツハイマー病で、自分の家にいると思いこんだり、むかしの職場《しょくば》に行かなくちゃと思ったりするんです。自力でここまでもどれるとは、とても……」

「出ていくのをだれも見ていなかったのが不思議なんですけど」

わたしがトラックの後ろのケージですわっているとリスが一匹《ぴき》、木の幹《みき》をおりてきて、草むらで食べ物をとろうとして走りまわった。びっくりだ。ほんの三メートルしか離《はな》れていないところにわたしがいるのに、気づいていないなんて。おそろしい強敵《きょうてき》なのに！

ジェイコブがもどってきて、ケージのドアをあけた。〈ツケ〉のコマンドが出されたから、もうリスにかまっているひまはない。リスはまた木の枝《えだ》にかけあがって、なにやらしゃべりはじめた。わたしはリスを無視《むし》して、〈シゴト〉にとりかかった。

ジェイコブはわたしを庭のすみにつれていって、二枚《まい》のシャツを出した。古い汗《あせ》のにおいと、甘《あま》い花のようなにおいがする。わたしはやわらかい布《ぬの》に鼻をおしつけて、しっかりとにおいをすいこんだ。

「エリー、さがせ！」

公園でやるときと同じだった。なにをすればいいかはわかっている。わたしは走りだして、人の群《む》れを通りすぎた。

「そっちじゃないと思うよ」だれかが言った。

「エリーにまかせてください」ジェイコブが答えた。

〈シゴト〉。わたしはシャツのにおいの記憶《きおく》を頭に入れ、鼻をあちこちに向けて、においをさぐった。たくさんの人が庭を歩いたにおいの跡《あと》がある。歩道は犬が何頭も通ったし、道路には車が行き来した。いろんなにおいがするけれど、目当てのにおいはまったく感じられない。これじゃ追跡《ついせき》できない。

いらだってジェイコブのほうを見た。

ジェイコブはわたしががっかりしているのに気づいた。

「だいじょうぶだ、エリー。さがせ」そう言って道を歩きはじめたので、わたしは勢《いきお》いよく前に出た。その先には芝地《しばち》がいくつもあって、わたしはあちこち走って行ったり来たりした。どこかにあのにおい、目当てのにおいがあるはず。さがしてみせる。

角をまがったとき、はっとして足をゆるめた。これだ！　初めは気のせいかと思うようなかすかなにおいだったけれど、進んでいくと少しずつにおいがはっきりしてきた。じわじわと近づいてくる。

強いにおいの道筋《みちすじ》がみつかって、たどっていった。まちがいない。十メートルほど先の茂《しげ》みに、においの元があって、はっきりしたにおいを放っている。わたしはふりかえってジェイコブのほうに走った。ジェイコブの後ろには警官《けいかん》が何人もついてきている。

「教えろ、エリー！」ジェイコブが声をあげた。

茂《しげ》みのところにつれていくと、ジェイコブはしゃがんで、棒《ぼう》で茂《しげ》みをつついた。

「なんだ、それは？」後ろから警官《けいかん》がたずねた。

「ティッシュだな。エリー、いい子だ。いい子だ！」ジェイコブは棒《ぼう》を出して、少しのあいだ引っぱりっこをしてくれた。だけど、まだ〈シゴト〉は終わりじゃないのが感じられた。まだ先がある。

「どうしてこれが本人のものだってわかるんだ？　ほかの人が落としたかもしれないじゃないか」警官《けいかん》のひとりが言ったけれど、ジェイコブは無視《むし》して、しゃがんでわたしに顔を近づけた。

「よし、エリー、さがせ！」

わたしはティッシュのにおいの道筋《みちすじ》をたどった。二ブロック進んで右にまがると、においが強くなってきた。もう一度右にまがると、ひらいた門があり、においはその中につづいていた。わたしは追跡《ついせき》をつづけた。

いた！　ひとりのおばあさんが静かにブランコをゆらしていた。小さな足が地面をかすめていて、あたりに幸せな気持ちがただよっている。おばあさんはわたしを見てうれしそうな顔をした。

「こんにちは、わんちゃん」すぐ目の前にいるのに、どこか遠くからひびいてくるような声だった。

わたしはジェイコブのところに走っていった。わたしの姿《すがた》が目に入った瞬間《しゅんかん》、ジェイコブの興奮《こうふん》が高まった。わたしが〈シゴト〉をやりとげたのがわかったからだ。わたしはおばあさんを発見した！　でもジェイコブは、わたしがそばに行くのを待ってからコマンドを出した。

「よし、教えろ！」

門をくぐって、おばあさんのいるブランコを教えると、ジェイコブがほっとしたのがわかった。

「マリリンさんですね？」ジェイコブはやさしくたずねた。

おばあさんは首をかしげてジェイコブを見た。「あなた、ワーナーなの？」

ジェイコブは肩《かた》につけた四角いものに向かってしゃべり、すぐに警官《けいかん》たちがかけつけた。

ジェイコブはそばの庭にわたしをつれていって、ほめてくれた。「いい子だ、エリー！」

ジェイコブはポケットからドーナツ形のゴムのオモチャを出して、芝生《しばふ》にバウンドさせた。わたしはオモチャにとびついて、今度はジェイコブに引っぱらせた。五分ほど遊んでいるあいだ、わたしのしっぽはずっと空中で大きくゆれていた。

新たに人が来て、マリリンをだきかかえるようにして道につれだした。後ろからついていくと、建物からみんながマリリンの名前を呼《よ》びながら出てきて、中に迎《むか》えいれた。みんなから安堵感《あんどかん》が伝わってきた。

あのどこか遠くにいるような、おだやかなおばあさんは、なにかの危険《きけん》に直面していた。わたしにも今になってわかった。マリリンを発見したことで、ジェイコブとわたしはマリリンを助けたんだ。

ジェイコブがわたしをトラックの後ろのケージに入れるとき、誇《ほこ》らしい気持ちが伝わってきた。

「いい子だ、エリー。おまえはりっぱな救助犬だ」

ジョージアがかわいがってくれるときのほめ方とはちがう。ジェイコブをこんなに近くに感じたのは初めてだった。そしてそのとき、わたしは自分がここにいる目的に気づいた。人をみつけるだけじゃない。人を助けるのが、わたしの目的なんだ。

ジェイコブとわたしはそのために協力しあっている。それがジェイコブとわたしの〈シゴト〉。ジェイコブはなによりもそれを大事にしている。


つぎの日、〈シゴト〉は日常《にちじょう》にもどった。いろんなゴミがいっぱい入った大きなゴミ収《しゅう》集箱《しゅうばこ》のかげに、ウォリーがかくれている。おいしいにおいや、いやなにおいが混《ま》じっているけれど、わたしはその中からウォリーのにおいをかぎわけられる。ウォリーにはだまされない！

〈シゴト〉からの帰り道、ジェイコブはある店に寄《よ》って、甘《あま》いにおいの花を買った。そのあと家じゃない場所に向かったので、びっくりした。

長いあいだトラックにゆられていた。あまりに長くて、ケージのすきまから鼻をつきだしているのがいやになってしまったくらいだ。ふだんは、流れてくるにおいをトラックの上で感じとるのが大好きだ。子犬だったころトラックがこわかったなんて今では信じられないくらい。いろいろなにおいがものすごいスピードで流れていくから、いちいちかぎわけることはできないけれど、たくさんのにおいにふれているだけでも気持ちがいい。

でも、今日はそれにもあきて、床《ゆか》に寝《ね》そべって前足に顔をのせ、早くつかないかと待っていた。

やっとついてケージから出たとき、ジェイコブはしずんだ顔をしていた。ジェイコブを内側から苦しめているものがふだんより強く感じられた。動きもいつもより遅《おそ》く、悲しみが重すぎて一歩一歩運んでいくのがつらいみたいだった。

トラックからとびおりると、そこは広い庭園で、やわらかい草地につやつやした大きな石がずらりと並《なら》んでいた。

わけがわからなかったけれど、ジェイコブが花をもって歩いていったので、そばについて歩いた。これは〈シゴト〉？　そうじゃないみたいだ。仕事のときは、ジェイコブはこんなに悲しそうじゃない。

ジェイコブは立ちどまってしゃがむと、ある石の前に花を置いた。ジェイコブの中で悲しみが深まって、涙《なみだ》が音もなくほほを流れおちた。

わたしは心配になってジェイコブの手を鼻でつついた。ジェイコブがこんなふうに泣くなんて、いやだ。なんとかしないと。

「いいんだよ、エリー。いい子だ。おすわり」

わたしはすわった。わたしにはジェイコブを発見したり助けたりできないし、なにもしてあげられない。だから、ただ横にいて、いっしょに悲しみを感じていた。

ジェイコブはせきばらいをして、かすれた声でささやいた。

「きみに会えなくなって、つらいよ。ときどき……家に帰ってもきみがいないと思うと、耐《た》えられなくなることがあるんだ」

〈イエ〉という言葉がわかったから、わたしはぴんと耳を立てた。そう、家に帰ろうよ。ジェイコブ、こんな悲しい場所は離《はな》れて、いっしょに家に帰ろう。

でも、ジェイコブは動かずにしゃべりつづけた。

「おれ、警察犬《けいさつけん》の部署《ぶしょ》にうつったんだ。救助犬のパートナーだ。犬といっしょに暮《く》らしはじめたんだよ。名前はエリーだ。ジャーマン・シェパードでね、一歳《さい》になった」

わたしはしっぽをふった。

「きみもきっとエリーを気に入るよ。会わせたいな。いい子だよ。すごく」

わたしはさらに強くしっぽをふった。わたしの名前を呼《よ》んで、イイコだって言ったくせに、ジェイコブはわたしがとなりにいるのに気づいてないみたいだ。

「資格《しかく》がとれたんだ。これからは現場《げんば》に出る。すわり仕事から離《はな》れられてありがたいよ。運動不足で五キロ太ったからね」

ジェイコブは笑ったけど、その声があまりにへんだったので、わたしは泣きたくなった。ちっとも幸せそうじゃない、悲しみと苦しみがこもった笑い声だったから。

わたしたちは十分くらい、ほとんど動かずにその場にいた。ジェイコブは、地面からつきでた石のひとつになってしまったようだった。かたくて冷たくて動かない石に。そのうち、ジェイコブからただよってくる感情《かんじょう》がゆっくりと変わっていった。生々しい痛《いた》みが弱まって、不安のようなものがふくらんでいく。

「愛してるよ」ジェイコブはささやいてから、立ちあがって歩きだした。わたしはぴったりジェイコブの横についていて歩いた。

7 海辺の迷子《まいご》

それからは、犬舎《けんしゃ》を出て外に行くことが多くなった。さがさなくちゃならない人がたくさんいた。おとなも子どももいたし、おびえていたり混乱《こんらん》していたりした。マリリンみたいに自分が迷子《まいご》になっている自覚がない人もいた。それでも、たいていみんな発見されると喜んでくれた。

飛行機やヘリコプターに乗ることもあった。ヘリコプターに乗るとき、ジェイコブはいつもわたしのことを、「ヘリコプター・ドッグだな」と言った。初めて乗ったときは大きな音におどろいて緊張《きんちょう》したけれど、二回目からは平気になった。飛行機やヘリコプターは車みたいなもので、〈シゴト〉の場所に行くための乗り物だ。金属《きんぞく》の床《ゆか》から伝わる音と振《しん》動《どう》のせいで、だんだん眠《ねむ》くなって、うとうとしてしまうこともある。そして目がさめると、ジェイコブといっしょに〈シゴト〉に向かう。

ある日、トラックでつれていかれたのは、見たこともないような大きな池だった。たくさんの人が集まっていた。トラックをとめると、男の人と女の人が走ってきて、ジェイコブがわたしをケージから出すのも待たずに、勢《いきお》いよくしゃべりだした。女の人は肩《かた》にかけた大きなバッグから、くたっとした紫色《むらさきいろ》のトレーナーを出した。ジェイコブはそれをわたしの鼻先にもってきた。

「この犬が本当に……」女の人が泣きそうな声で言った。「だって、シャーロットがいなくなってどのくらい時間がたったかもわからないんです。水辺でほかの子たちと遊んでいたのに、ふと顔をあげたらもういなくて。子どもたちはシャーロットが離《はな》れていったのも覚えてないって言うんです」女の人は本当に泣きだしたので、男の人がだきよせた。

「エリーは優秀《ゆうしゅう》な犬です」ジェイコブはおだやかに言った。「いつもどおりにやらせるだけです。さがせ、エリー！」

わたしはトレーナーのにおいを深くすいこんだ。日焼けどめクリーム、塩、ケチャップ、アイスクリーム、イチゴの香《かお》りのシャンプー、小さな女の子……。よし、もうさがす相手はわかった。

鼻先をさげて砂《すな》に近づけた。においが……なんだかちがう。今まで、草地、土の上、歩道、道路で追跡《ついせき》してきたけど、砂《すな》の上は初めてだ。なにもかも湿《しめ》っぽくて塩からい。空中をただようぬれた海藻《かいそう》の強いにおいが、小さな女の子のかすかなにおいをのみこもうとしている。

それに、あちこちでたくさんの人のにおいが交差している。砂《すな》の上を歩きまわったり、水に入ったり砂《すな》にもどったり。ゴムの靴《くつ》と素肌《すはだ》と食べ物のにおいもする。食べ物のにおいがたくさん！　ホットドッグを焼いている人がいる。ジェイコブがときどきコンロでホットドッグを焼いて味見をさせてくれるけど、すごくおいしい。顔をあげてあのすてきなにおいを胸《むね》いっぱいすいこみたい衝動《しょうどう》をこらえるのはきつかったけど、それでも顔をさげたまま進んだ。〈シゴト〉中なんだから。

行ったり来たりしながら、水に近づいていった。ここの水はなんだかとてもへんだ。塩からいにおいが強い。ジェイコブがとびこんだ噴水《ふんすい》も大きかったけど、ここの池はものすごく大きい。それに動いている。そして、怒《おこ》っているみたいにうなり声をあげている。あまり水に近よりたくなかったけれど、女の子のにおいは水ぎわにつづいていた。追跡《ついせき》しなくちゃならない。

とつぜん足もとに水がせまってきて、びっくり！　水は女の子のにおいをおおって、そのまま引いていった。においが洗《あら》い流《なが》されてしまった。わたしはあわてて水から離《はな》れた。

「だいじょうぶだ、エリー」後ろからついてきていたジェイコブが言った。「さがせ」

また水がにおいをさらいにくるのに！　わたしはいらだちながらも真剣《しんけん》ににおいをさがした。においは必ずどこかにつながっているはず。一分ほどで、またにおいがみつかった。

小さな女の子は水ぎわを歩いたらしい。水はわたしのじゃまをしようと動きつづけている。

わたしは何度もにおいをみうしなったけど、すぐにまたみつけた。鼻はずっと砂《すな》のそばにさげたままだ。

「わんちゃん！　わんちゃん！」甲高《かんだか》い声がして、小さな手がのびてきた。小さな男の子がわたしの毛をつかんで笑っている。その手は塩水でべとべと。アイスの汁《しる》もついている。

〈シゴト〉中じゃなかったら、なめてあげたいんだけど。

「あの……かんだりしませんか？」女の人が後ろにいるジェイコブにたずねた。

「かみませんけど、仕事中なので、すみませんが――」

この子はさがしている子じゃないのがわかったので、わたしは男の子をよけて静かに歩きだした。どんどんスピードをあげていく。ジェイコブとの距離《きょり》があいた。

丸いものがいきなりわたしの横に落ちてきた。びっくりして目をあげると、大きな少年が「もってきて！」とさけんだ。鼻でつついてみると、かたいプラスチックで、かむのにちょうどよさそうだ。でも、これはわたしの〈シゴト〉じゃない。わたしは無視《むし》して追跡《ついせき》をつづけた。

やがて、女の子のにおいは水ぎわを離《はな》れた。においをたどって砂《すな》の斜面《しゃめん》をのぼっていくと、においはどんどん強くなった。顔をあげると、見たこともないくらいたくさんの子どもがごちゃごちゃ走りまわっていた。すべり台をすべりおりて、はしごをのぼっていく。ちょうどわたしが訓練したみたいに。でも、みんな〈シゴト〉といえるほど真剣《しんけん》じゃない。大さわぎしながら遊んでいる。

砂《すな》の上にあまりにたくさんの子どものにおいがあるので、追ってきたにおいがまぎれてしまった。わたしは半円をえがくように行ったり来たりした。においはどこに行ったの？　鼻をあげて空気のにおいをかぐ。女の子はこのあたりにいるはず。きっといる。あきらめなければ、必ずにおいはみつかる。

そして、みつけた！　その女の子は小さな男の子とシーソーに乗っていた。空中にまいあがってけらけら笑って、ドスンと砂《すな》におりてくる。わたしはジェイコブのところに走っていった。

「教えろ！」ジェイコブはわたしの顔を見て言った。

わたしは人ごみをつっきって走った。

「犬だ！」「わんちゃん！」「さわってもいい？」子どもたちが声をあげる。

女の子のシーソーが下におりてきて、軽くバウンドしたところに、わたしが到着《とうちゃく》した。

ついてきたジェイコブがたずねた。「シャーロット？　きみはシャーロットだね？」

「うん」女の子は顔をあげると、笑いながら大声で言った。「ここで遊ぶ！　もっと遊ぶの！」

シャーロットを無事に両親のもとに送りとどけると（母親はまた泣いて、シャーロットはまだ帰りたくないと泣いた）、ジェイコブはわたしにリードをつけて、耳の後ろをかいてくれた。

「エリー、海で遊ぼうか？」

ジェイコブと水ぎわまでくだっていった。水がわたしをぬらそうとして、何度も何度もおしよせてくる。わたしは後ろにとびのいて、ほえた。足にまとわりついてくる白く泡《あわ》立《だ》った水にかみつこうとすると、ジェイコブが小さな声で笑った。そのかすかな笑い声は、今まで聞いたなかでいちばんうれしそうな声だった。

ジェイコブは棒《ぼう》をひろって、水が浅いところに投げた。わたしはおそるおそるとりにいった。水が足のまわりでバシャバシャはねて、おなかについたけれど、思っていたより平気だった。ただ、ジェイコブがわたしのことを心配して水に入ってきておぼれるんじゃないかと、不安になった。考えるだけでもおそろしくて、塩と木の味がする棒《ぼう》をくわえると、水をはねあげながら急いでジェイコブのもとへもどった。

めずらしく、ジェイコブの顔に本物の笑《え》みが浮《う》かんでいた。

「これが海だ、エリー。海だよ！」

そして、何度も棒《ぼう》を投げた。わたしはためらわずに棒《ぼう》をとりにいけるようになった。ダッシュで水に入っていく。鼻からしっぽまでずぶぬれになっても、もう平気。海は楽しい。ジェイコブはおぼれたりしない。しっかり浜《はま》に立って、にこにこしている。遊んでいるうちに、ジェイコブの心をきつくしめつけていたものが、ほんの少しだけゆるんだような気がした。

8 誘拐事件《ゆうかいじけん》

つぎの日、犬舎《けんしゃ》にジプシーの姿《すがた》はなく、いたのはケイミーだけだった。ボールのとりあいに誘《さそ》ってみたけど、もう若《わか》くないケイミーは前足に顔をのせて、のんびりながめている。

そのとき、ジェイコブが建物から出てきてさけんだ。「エリー！」

今まで聞いたことがないような、あわてた声だった。わたしはすぐにボールを下に落として、囲いから出してもらおうと扉《とびら》に走った。〈シゴト〉に決まっている。それも、今まででいちばん重大な〈シゴト〉だ。

急いでトラックに乗りこんで出発した。タイヤをきしませて角をまがるとき、けたたましいサイレンの音が聞こえてきた。わたしは横すべりしないようにベッタリ床《ゆか》にふせて爪《つめ》を立てた。

トラックが急停止した。駐車場《ちゅうしゃじょう》に人だかりができていて、いつもとようすがちがう。

ジェイコブとわたしの〈シゴト〉を見に人が集まってくることはよくあるけれど、こんなに不安そうな人たちは見たことがない。その中のひとりの女の人は、心配のあまり立っていられなくなって、ふたりの人が横から支《ささ》えていた。強い不安がジェイコブからも伝わってきて、わたしの背中《せなか》の毛がさかだった。

ジェイコブはわたしをケージに残したままかけだしていって、そこの人たちと話しはじめた。わたしはかすかな鳴き声をもらしながら待った。なにかまずいことが起きている。かなりまずいことが。解決《かいけつ》するには、すぐに〈シゴト〉にかからなくちゃ。

駐車場《ちゅうしゃじょう》の横にはガラスのドアの大きな建物があった。たおれそうになっていた女の人がバッグの中からやわらかいオモチャをとりだした。ウサギみたいな長い耳がついていて、毛はすっかりすりへっている。

「ショッピングモールは閉鎖《へいさ》した」だれかが言った。

ジェイコブはわたしのケージをあけて、やわらかいウサギのオモチャを鼻に近づけた。

「エリー、いいか？　頼《たの》むよ。わかるか？　さがせ、エリー！」

また小さな女の子のにおいだけれど、シャーロットじゃない。人間はみんな、ひとりひとりちがうにおいがする。この子のにおいは、汗《あせ》と土とピーナツバターと塩と、はちみつの香《かお》りのせっけんと、クッキーのくず。わたしはかたい黒い地面にとびおりて、まわりのにおいをかぎわけようとした。

地面は苦いにおいと、見た目どおりに黒いにおいがした。たくさんの足がふんでいった地面だ。いやなにおいのオイルがこぼれた跡《あと》。ガソリンのつんとするにおい。だれかがコーヒーをこぼした跡《あと》もある。

わたしはそういうにおいから離《はな》れて、女の子をさがした。

うっかり車の前にとびだしてしまったので、運転手が急ブレーキをふんだ。

「おい、なにやってんだ――」怒《おこ》った声が聞こえたと思ったら、後ろでジェイコブがなにかを手でもって、きつい声で言いかえした。

「警察犬《けいさつけん》だ！　バックしてくれ！」

「ああ、すみません」

でも、そんなやりとりはわたしにはどうでもよかった。車なんて気にしていられない。やわらかいウサギをだいた女の子のにおいがみつかったんだから！　でも、それはほかの知らないにおいとまじりあっていた。おとなの……男の……強いにおい。まちがいない。

わたしはスピードをあげて、ふたつのにおいを追いはじめた。

「エリーがにおいをみつけたぞ！」ジェイコブがさけんだ。

駐車《ちゅうしゃ》している一台の車のところで、においがぷつりととぎれた。わたしが追跡《ついせき》しているふたりは消えてしまった。別の車に乗って出ていって、そのあとにこの車が入ってきたようだ。

ふりかえってジェイコブに教えた。でも、ジェイコブは満足していない。いらだちと落《らく》胆《たん》が霧《きり》のようにジェイコブから立ちのぼっている。わたしはびくっと後ずさった。わたしの〈シゴト〉はまずかったの？　今までは必ず喜んでくれたのに。

「よし、いい子だ、エリー。いい子だ」

ジェイコブはゴムのドーナツをポケットから出したけれど、ほんの一、二分しか遊んでくれなかった。なにか考えごとをしているようだ。

ジェイコブは〈イイコ〉と呼《よ》んでくれたけれど、自分ではそうは思えない。ジェイコブは満足していない。わたしがやった〈シゴト〉はまずかった。あるいは、まだ終わっていない。

「ここまでは追跡《ついせき》できました」ジェイコブはスーツ姿《すがた》の男の人に言った。「車でつれさられたようです。駐車場《ちゅうしゃじょう》の監視《かんし》カメラは？」

「今チェックしているところだ。犯人《はんにん》がわれわれが目星をつけている男なら、車は盗難車《とうなんしゃ》だ」

「その男だったら、どこに少女をつれていきます？　行きそうな場所は？」

スーツの人はくるりとふりかえると、目を細めて遠くの丘を見た。「トパンガ州立公園か、ウィル・ロジャーズ州立公園か」

「では、ただちに向かいます。なにかわかるかもしれませんから」

ジェイコブはわたしをトラックの助手席に乗せた。びっくりした。今まで一度も前に乗せてもらったことはないのに！　でも、機嫌《きげん》がいいからじゃない。気配でわかった。ジェイコブがまだ緊張《きんちょう》をとかないので、わたしはトラックが動きだしてからも嗅覚《きゅうかく》をとぎすましていた。一台のワゴン車の横を通ったとき、後ろの席にいる二匹《ひき》のテリアが、助手席のわたしをうらやましがってキャンキャンほえていたけれど、そんなのは無視《むし》した。

駐車場《ちゅうしゃじょう》を出ると、ジェイコブはわたしにあのウサギのオモチャをさしだした。おとなしくにおいをかいだものの、わけがわからなかった。もうこのにおいは追跡《ついせき》し終わったのに。

あれはまちがいだったの？

「よし、エリー。へんだと思うかもしれないが、やってほしいんだ。さがせ」

わたしはびっくりしてジェイコブを見た。さがすの？　トラックの助手席で？

ジェイコブはゆっくりトラックを走らせながら、ちらりとわたしを見て、また道路に目をもどした。さがせと言われても、どうしたらいいのかわからない。ウサギについている小さな女の子のにおいをたどろうと思っても、地面に鼻を近づけられない。だけど――。

窓《まど》のすきまに鼻を当ててみた。いろんなにおいがものすごい速さで流れていて、かぎわけるのは難《むずか》しい。

「いい子だ！」ジェイコブがほめてくれた。「さがせ。女の子をさがすんだ！」

わたしの鼻は、オモチャについていた女の子のにおいをまだ覚えている。ふと、風が窓《まど》からあの女の子のにおいを運んできた。やっぱりあの男のにおいがからみついている。わたしはジェイコブのほうを見た。

「よし！」ジェイコブがブレーキを強くふんで、後ろの車がクラクションを鳴らした。

「エリー、わかったのか？」ジェイコブが真剣《しんけん》な顔でたずねる。でも、においは消えてしまった。

「いいんだ、いいんだ、エリー。いい子だ」ジェイコブはゆっくりトラックを進めた。

状況《じょうきょう》がわかってきた。今わたしたちはトラックの中で〈シゴト〉をしている。自分の足で地面を歩いてにおいを追跡《ついせき》するかわりに、トラックが動いている。わたしはまた鼻を窓《まど》につけた。熱いアスファルト。車の排《はい》ガス。あふれたゴミ箱からただよってくるいやなにおいと、おいしいにおい。レストランのフライドチキンのあぶらっこくて塩からいにおい。でも、どれもちがう。わたしは気を引きしめて、ウサギについているにおいだけに集中した。

トラックがかたむいて、山道をのぼっていく。ジェイコブの中で落胆《らくたん》がふくらんでいくのがわかる。

「みうしなったみたいだな。もうだめか、エリー？」

名前を呼《よ》ばれてジェイコブのほうにふりかえった。そして、また〈シゴト〉を再開《さいかい》した。外のにおいが変わりはじめていた。松の木のつんとするにおい。温かい土。かわいた草。でも、さがしている女の子のにおいはしない。

「8K《ケイ》6、聞こえるか？　今どこだ？」無線から甲高《かんだか》い声が出た。

「こちら8K《ケイ》6、現在地《げんざいち》はアマルフィ通り」

「なにかわかったか？」

「サンセット大通りを通った形跡《けいせき》があった。あとはなにもない」

「了解《りょうかい》」

そのとき、ジェイコブのほうの窓《まど》から例のにおいがどっと入ってきて車内に広がって、わたしはほえた。

ふだんなら、においを発見してもほえない。でも今はトラックの中で〈シゴト〉をしていて、ジェイコブはとても不安げで、ふだんとなにもかもちがう。だまっていられなかった。しっぽでシートをたたいた。みつけた！　またあのにおいをみつけた。あの女の子と男のにおいが混《ま》じりあっている！

トラックがスピードを落とした。わたしはにおいのほうに鼻を向けた。ジェイコブはゆっくりとまって、たずねた。「よし、どっちだ、エリー？」

わたしは運転席のジェイコブのひざに乗って、運転席の窓《まど》から顔をつきだした。

「カプリ通りを左にまがる！」ジェイコブは興奮《こうふん》してするどい声でさけんだ。何分かで、トラックはでこぼこ道に入った。

わたしはじっと前を向いて神経《しんけい》を集中していた。ジェイコブはハンドルにしがみつくようにして、まがりくねった細い道を進んでいく。助手席におしもどされて、においから遠ざかってしまったので、わたしはいらだって小さな声で鳴いた。

「ごめんな、エリー。運転中だから。もうちょっとだ。もうちょっとのがまんだ……」

トラックが急停止した。目の前に黄色いゲートがある。ジェイコブは早口で言った。

「救急車《きゅうきゅうしゃ》を出してくれ。ゲートのあるところだ」

「こちら10－4」無線から割《わ》れた声がした。

ジェイコブがトラックのドアを勢《いきお》いよくあけ、いっしょに外にとびだした。

ぬかるんだ道のわきに赤い車が一台とまっていた。わたしは車にかけよった。耳を立て、嗅覚《きゅうかく》をとぎすまし、警戒態勢《けいかいたいせい》をとる。ジェイコブは拳銃《けんじゅう》をぬいた。

「赤のトヨタ・カムリ発見。だれも乗ってない。エリーによると、やつの車だ」

ジェイコブはわたしを車の後ろにつれていって、じっとわたしの目を見た。

「トランクの中にはだれも入っていないようだ」

「了解《りょうかい》」無線の声が言った。

車からのにおいより、風にまじって届《とど》くにおいのほうが強かった。木々の向こうには谷が広がっている。わたしたちの行き先はあっちだ。さがすべき女の子がいる場所はあっちだ。

黄色いゲートの先は急なくだり坂で、男のにおいは地面の土にくっきりしみついていた。

女の子のにおいのほうはかすかで、空中をただよっている。男が女の子をもちあげて運んだのだ。

「報告《ほうこく》する。容疑者《ようぎしゃ》はキャンプ場に向かう坂道をくだっていった。歩きだ」

「8K《ケイ》6、そこにとどまって援護《えんご》を待て」

ジェイコブは無線機の声を気にとめていないようで、拳銃《けんじゅう》をベルトにつけながらわたしに言った。「エリー、女の子をさがしにいこう」

9 犯人《はんにん》を追って

ジェイコブがおびえている。

ジェイコブの不安がただよってきて、わたしも緊張《きんちょう》してきた。〈シゴト〉中にジェイコブが心配そうに見えることは今までもあった。ジェイコブはいつも真剣《しんけん》だった。でも、こんなふうにおびえているのは初めてだ。

わたしはかけよって鼻でジェイコブの手をつついた。ジェイコブにさわっていると、わたしは気持ちが楽になる。でも、ずっとそばにくっついているわけにはいかない。さがさなくちゃ。〈シゴト〉をしなくちゃ。わたしが〈シゴト〉をすれば、ジェイコブの不安を消してあげられるはず。

女の子のにおいは弱いけれど、はっきりしている。わたしはにおいに導《みちび》かれて坂をくだっていった。道がカーブしていて、後ろにいるジェイコブが見えなくなった。前方には、緑の草が広がっていて、建物がいくつか散らばっている。その中の一軒《けん》は、正面の階段《かいだん》をのぼったところが大きなテラスになっている。テラスの上に男がひとり、こっちに背《せ》を向けて、細い金属《きんぞく》の棒《ぼう》でドアをつついていた。階段《かいだん》に小さな女の子がおとなしくすわって、手すりにもたれて丸くなっている。女の子は寒そうに見えるけど、今日は気温は低くない。わたしは背中《せなか》に当たる日差しが暑くて息切れしている。

少し足をゆるめて草の上を進んでいった。悲しそうな顔をしていた女の子が、わたしの姿《すがた》をみつけて、ぱっと笑顔《えがお》になった。背筋《せすじ》をのばして、小さな手をあげている。

男がすばやくふりかえって、こっちをにらんだ。目が合ったとき、わたしの背中《せなか》の毛がさかだった。くちびるがめくれて、歯をむいている自分に気づいた。この男の心の中には、黒い部分が、邪悪《じゃあく》なにかがある。この男はいやなにおいがする。小さな女の子のそばにこの男がいるのはまずい。

男は顔をあげて、わたしの後ろに目をやった。わたしはU《ユー》ターンして、来た道をもどった。

「わんちゃん！」女の子が後ろから呼《よ》んでいる。

ジェイコブは坂をくだってきていた。わたしは土に爪《つめ》を立てながら、ダッシュでジェイコブのそばまで行った。

ジェイコブがわたしの顔を見て言った。「やったな。いい子だ、エリー。教えろ！」

ジェイコブとわたしが猛《もう》スピードで建物に向かっていくと、小さな女の子はとまどいながらじっとすわっていた。男の姿《すがた》はもうなかった。

「こちら8Ｋ《ケイ》6、被害者《ひがいしゃ》を保護《ほご》した」ジェイコブは息を切らしながら無線機にしゃべった。

「容疑者《ようぎしゃ》は歩いて逃走中《とうそうちゅう》」

「8Ｋ《ケイ》6、被害者《ひがいしゃ》とその場で待機せよ」

「了解《りょうかい》」

遠くでヘリコプターの回転翼《かいてんよく》が空《くう》を打つ音が聞こえて、坂をかけおりてくる足音がした。

ふたりの警官《けいかん》が汗《あせ》を流しながらカーブをまがってきた。

「エミリー、だいじょうぶかい？」ひとりが女の子にかけよった。女の子の体にさわらないように気をつけながら、ひざまずいて顔を近づけてしゃべっている。「痛《いた》いところはないかな？」

「うん、ない」女の子は答えながら、服の花もようをつまんだ。

三人目の警官《けいかん》が少し遅《おく》れて走ってきた。「無事か？　おじょうちゃん、だいじょうぶか?」息切れして、両手をひざに当てている。ほかのふたりよりたてにも横にも大きな体で、息からアイスクリームのにおいがした。

「この子の名前はエミリーだ」最初の警官《けいかん》が言った。

ジェイコブはわたしのそばに立っている。小さな女の子が恥《は》ずかしそうにジェイコブの顔を見あげて、ほほえんだ。「わんちゃんにさわってもいい?」

ジェイコブから安堵感《あんどかん》が伝わってきた。温かな日差しの中で、さっきまでの強い不安が消えていく。それを感じて、自分はちゃんと〈シゴト〉をしたんだとわかった。トラックで追跡《ついせき》するなんてへんだと思ったけど、あれでよかったんだ。わたしはしっぽをふった。

「もちろんだよ」ジェイコブはエミリーにやさしく言った。「でも、このあと、まだ仕事があるんだ」

〈シゴト〉という言葉を聞いて、わたしは耳を立てた。エミリーはわたしの頭をなでると笑顔《えがお》になった。もうなにもこわがっていない。わたしはエミリーの指を少しなめた。

ジェイコブは笑顔《えがお》でエミリーを見ていたけれど、まだ緊張感《きんちょうかん》がただよっていた。〈シゴト〉はまだ終わっていない。なんとなくわかる。

「よし、おれが……ジェイコブといっしょに行く」大柄《おおがら》な警官《けいかん》が息を切らしながら、ほかのふたりに言った。「ジョン、おまえたちふたりは……この子と待機しててくれ。犯人《はんにん》がいつもどってくるかわからないからな」

「エリーが反応《はんのう》しないということは、今はそばにはいない」ジェイコブが言った。

わたしはジェイコブを見あげた――準備《じゅんび》はいい？　わたしはオッケー。じゃあ、始める？

「さがせ！」ジェイコブの言葉で、わたしは茂《しげ》みにとびこんだ。

ところどころ草深くなっていて、地面は土がもろくて足がめりこんでしまう。それでも、追跡《ついせき》はかんたんだった。においがまだ新しい。男はまっすぐに谷をくだっている。

背《せ》の高い草むらから強いにおいがした。ジェイコブを呼《よ》びにいくと、ジェイコブは「教えろ！」と言って、ついてきた。草むらには、あの男のいやなにおいがこびりついた鉄の棒《ぼう》がかくされていた。

もうひとりの大柄《おおがら》な警官《けいかん》がなかなか来ないので、そこでしばらく待った。

「いやあ……何度か……ころんでね」警官《けいかん》はやっと追いつくと、あえぎながら気まずそうに言《い》い訳《わけ》をした。濃《こ》い汗《あせ》がしたたり落ちている。

「エリーによると、このバールはやつのものだ。武器《ぶき》を落としていったわけだ」ジェイコブは張《は》りつめた声で言った。

「そうか。これからどうする？」

「さがせ！」ジェイコブがコマンドを出した。

わたしはダッシュした。ふたりがあとからついてくる。男のにおいは草にこびりつき、空中にもただよっていた。まもなく木の葉と草にまぎれて男がゴソゴソ動く音が聞こえてきた。わたしはスピードをあげた。前方からふく風が湿《しめ》っていて、男のにおいがさらに強く感じられる。

とげのある茂《しげ》みをくぐりぬけると、ぽっかりひらけた空き地に出た。小川があって空気は湿《しめ》っぽい。木々が枝《えだ》を空に広げ、地面に影《かげ》をつくっている。男はわたしに気づくと、ウォリーがいつもしていたように、木のかげにかくれた。でも、ウォリーは一度もわたしをだませなかった。この暗くて苦いにおいのする男も、わたしからは逃《に》げられない。

わたしはU《ユー》ターンしてジェイコブのところまで走った。

「教えろ！」ジェイコブが言った。

ジェイコブが草や木をかきわけて、男がひそんでいる空き地に向かうあいだ、わたしはずっとそばについていた。いっしょに空き地に足をふみいれたとき、岩のあいだを小川がチョロチョロ流れる音が聞こえた。

男の居場所《いばしょ》はわかっている。男の恐怖《きょうふ》やにくしみや怒《いか》りをにおいで感じる。わたしはジェイコブをその木までつれていった。

男がいきなり日差しの中に出てきた。

「警察《けいさつ》だ！　手をあげろ！」ジェイコブがさけんだ。

男が片手《かたて》をあげたとき、雷《かみなり》のようなするどい音がひびいた。

ただの拳銃《けんじゅう》だ。拳銃《けんじゅう》なら知ってる。ジェイコブに教えられた。拳銃《けんじゅう》はこわくない。音がしてもだいじょうぶ。音ではだれも傷《きず》つかない。

なのに、ジェイコブの体に痛《いた》みが走ったのがわかった。そしてジェイコブは地面にたおれた。血のにおいがした。なまぬるくて塩気のあるにおい。ジェイコブの拳銃《けんじゅう》が下に落ちて、木の根と岩の上を音を立ててころがった。

男が腕《うで》をつきだしたまま、もう一歩前に出てきた。拳銃《けんじゅう》の先はまだジェイコブとわたしを向いている。満足げにほくそえむ男の喜びが伝わってきた。なにをしたのかわからないけれど、この男がジェイコブを傷《きず》つけた。拳銃《けんじゅう》を使ってあの音を出したら、ジェイコブはたおれてしまった。

わたしの後ろで、ジェイコブは苦しそうにあえいでいる。

わたしは声を出さずに、頭を低くさげて突進《とっしん》していった。拳銃《けんじゅう》があのおそろしい音をさらに二回出した。気づくと、わたしは男の手首にかみついていた。男の拳銃《けんじゅう》がにぶい音を立てて砂《すな》の上に落ちた。もうあのおそろしい音は出ない。人を傷《きず》つけるあの音、ジェイコブを痛《いた》めつけたあの音はもう出ない。

男はさけんだけれど、わたしはえものに食いつくように手首をくわえたまま、首を強くふった。歯が男の肌《はだ》をつきやぶって、筋肉《きんにく》に刺《さ》さる。あばらをけられた。でも、口はぜったいに放さない。

「放せ!」男がさけんだとき、べつの声がした。

「警察《けいさつ》だ! 動くな!」あの大柄《おおがら》な警官《けいかん》が、茂《しげ》みの向こうからかけこんでくる。

「この犬をどかせ!」

「エリー、もうだいじょうぶだ。離《はな》れろ。エリー、離《はな》れろ」

わたしは男の腕《うで》を放した。男は地面にひざをついて、わたしを見た。目と目が合ったとき、男から痛《いた》みのほかに、ずるがしこさが伝わってきた。手から血を流しているのに、ひねくれた喜びを感じている。

信じちゃいけない。わたしはうなり声をあげて男を威嚇《いかく》した。男はうまく切りぬけるつもりでいる。

「エリー、来い」警官《けいかん》がコマンドを出した。

わたしは〈コイ〉のコマンドには必ず従《したが》う。小さいころ、ジェイコブにポケットのおやつを使ってこの言葉を教えられてからずっと。わたしは血を流している男に視線《しせん》を向けたまま、後ずさりした。

「この犬、おれの腕《うで》を食いちぎりやがった！」そして、男は急に警官《けいかん》の左後ろを指さしてさけんだ。「ほら！」

警官《けいかん》がなにかあるのかと後ろをふりむいた瞬間《しゅんかん》、男はいきなり動きだして、落ちていた拳銃《けんじゅう》をひろいながら立ちあがった。わたしはすぐに大声でほえ、とびだそうと身がまえた。

男がまた拳銃《けんじゅう》を鳴らし、その音はわたしの耳をつんざいた。警官《けいかん》もすばやくふりかえって二発うった。男は地面にたおれた。さっきのジェイコブのように。

「だましたな」警官《けいかん》はつぶやいて、地面にたおれている男に拳銃《けんじゅう》をつきつけた。用心しながら近づいて、相手の拳銃《けんじゅう》をけって草むらにとばす。

「エリー、だいじょうぶか？」ジェイコブがかすかな声で言った。

「エリーはだいじょうぶだ。ジェイコブ、どこをやられた？」

「腹《はら》だ」

男がもうなにもしないとわかったので、わたしは男のそばを離《はな》れて、ジェイコブにかけよった。ジェイコブがわたしを必要としている。でも、三十センチほど離《はな》れたところでとまって、地面にふせた。そこからは少しずつ近づいて、そっと鼻でジェイコブの手にふれた。なんとなく、勢《いきお》いよくとびついちゃいけない、気をつけてさわらなきゃいけないと感じていた。

いつもなら耳をかいてくれるジェイコブの手が動かない。わたしはその手をなめて、小さな声で鳴いた。ジェイコブの体の奥深《おくぶか》いところから痛《いた》みが広がっていくのがわかる。血のにおいが強烈《きょうれつ》で、ほかのにおいはほとんど感じられない。

「警官《けいかん》がうたれた。容疑者《ようぎしゃ》もだ。ここは……」大柄《おおがら》な警官《けいかん》は空を見あげながら言った。

「谷をくだった木立の中だ。救急ヘリをよこしてくれ」

「うたれた警官《けいかん》は？」無線機の声が言った。

「8K《ケイ》6だ。大至急《だいしきゅう》、救助を」

どうしたらいいのか、わからなくなった。ジェイコブはさっきまでおびえていたけど、今は落ちついている。でも、わたしは落ちつけなかった。不安で息苦しくなって、体がふるえてきた。わたしは〈シゴト〉を終えた。女の子を無事に発見した。男も発見した。それがいけなかったの？　それがわたしの〈シゴト〉じゃなかったの？

わたしはちゃんと〈シゴト〉をしたのに、ジェイコブはけがをした。こんなことになるなんて、おかしい。〈サガセ〉は人を助けることなのに。今、ジェイコブは苦しんでいる。どうやって助ければいいのか、わたしにはわからない。すぐそばにいるのに。わたしがそばにいるだけじゃだめ。ジェイコブを助けられない。

大柄《おおがら》な警官《けいかん》はジェイコブの横にしゃがみこんだ。

「すぐ助けが来る。しっかりしろ」

その声には不安がにじんでいた。警官《けいかん》は用心しながらジェイコブのシャツの前を開いて、中を見た。ショックを受けているのがわかって、わたしは小さく鳴いた。

まもなく、複数《ふくすう》の人がよろけたりぶつかったりしながら走ってくる音が聞こえた。その人たちはわたしをおしのけて、ジェイコブの横にしゃがみこんで手当てを始めた。つんとする薬のにおいがして、出血のひどいところに布《ぬの》を当ててるのが見えた。

「エミリーは？」ジェイコブがかすかな声でたずねた。

「えっ？」

「被害者《ひがいしゃ》の女の子のことだ」大柄《おおがら》な警官《けいかん》が仲間に説明した。「ジェイコブ、あの子ならだいじょうぶだ。助かった。おまえがあの子の命を救ったんだ。もう心配ない」

さらに人が集まってきた。何人かでジェイコブを薄《うす》い台に寝《ね》かせて、台ごともちあげて斜面《しゃめん》をのぼっていく。わたしもついていった。前方からヘリコプターの回転翼《かいてんよく》がまわる聞きなれた音がひびいてきた。

ジェイコブがヘリコプターに乗せられるとき、大柄《おおがら》な警官《けいかん》がわたしの首輪をおさえていた。翼《つばさ》の回転がどんどん速くなって、砂《すな》や木の葉が宙《ちゅう》にまいあがり、ヘリコプターはゆっくり空にあがっていった。

わたしは警官《けいかん》の手からのがれて、ほえながらヘリコプターを追おうとした。ぐんぐんあがっていくヘリコプターの下で、わたしは後ろ足で地面をけり、大声でほえながら、ぐるぐる走りまわった——わたしはヘリコプター・ドッグなのに！　どうして乗せてくれないの？　ジェイコブのそばにいなきゃいけないのに！

でも、ヘリコプターは引き返してこなかった。しばらくして、女の警官《けいかん》のエイミーが迎《むか》えにきた。エイミーはしばらく大柄《おおがら》な警官《けいかん》と話してから、わたしの首輪にリードをつけてトラックに乗せた。わたしが入れられたケージにはケイミーのにおいがしみついていた。警察《けいさつ》の犬舎《けんしゃ》につくと、エイミーはわたしを囲いの中に入れて、ケイミーを呼んだ。ジプシーの姿《すがた》はなかった。

エイミーはケイミーにリードをつけてつれだすと、わたしの耳の後ろをかいてから扉《とびら》をしめた。

「だれかがようすを見にくるから、しばらく待っててね。これからどこで暮《く》らすか、そのうち決まるわ。エリー、いい子ね。あなたは優秀《ゆうしゅう》な警察犬《けいさつけん》よ」

10 大きな変化

犬舎《けんしゃ》の寝床《ねどこ》で丸くなった。不安と疑問《ぎもん》が頭の中でうずまいている。自分が〈イイコ〉だとは思えなかった。

わたしは〈シゴト〉をした。でも、ジェイコブはいなくなって、わたしはひと晩《ばん》じゅう犬舎《けんしゃ》にとじこめられている。ジェイコブの広いアパートの自分のベッドには帰れない。なにかの罰《ばつ》を受けているみたい。なにがいけなかったの？

拳銃《けんじゅう》をもった男の人をかんだから？〈サガセ〉のときには人をかんだりしちゃいけない。それは知っている。

ジェイコブはけがをしている。ジェイコブの痛《いた》みと血のにおいが頭によみがえってきて、寝《ね》ころんだまま小さな声で鳴いた。

まだ子犬だったころに、アパートでひとり留守番《るすばん》させられたときの気持ちを思いだした。

そのたびに心配になったけれど、ジェイコブは必ず帰ってきた。そう思うと、少し元気が出てきた。ジェイコブはきっと帰ってくる。わたしにできるのは待つことだけ。

それから何日か、わたしはますます混乱《こんらん》していった。ずっと犬舎《けんしゃ》に泊《と》まっている。一日に何度か警官《けいかん》が来て庭につれだされるけれど、〈シゴト〉ではなく、さっさと犬舎《けんしゃ》にもどされてしまう。

少しずつ犬舎《けんしゃ》の庭からジェイコブのにおいが消えていった。もう集中しても、ジェイコブのにおいがみつからなくなった。ジェイコブを〈サガセ〉と言われても、もうさがせない。不安になってほえていると、エイミーが来て、わたしに話しかけながらなでてくれた。話の内容《ないよう》はわからなかったけれど、少し気分が落ちついた。その日はジプシーと遊んで、ボールを二回もうばいとった。

ある日、犬舎《けんしゃ》にはケイミーとわたしだけになった。ケイミーは昼寝《ひるね》ばかりしていて遊びには興味《きょうみ》がない。わたしが警官《けいかん》のひとりからもらった骨《ほね》のオモチャを見せても、よってこなかった。ケイミーはいったいどんな〈シゴト〉をしているんだろう？　こんな昼寝犬になにができるのか、さっぱりわからない。

エイミーがランチをもって庭のテーブルに来て、わたしとケイミーを囲いから出して放してくれた。ケイミーは遊びには関心がないくせに、エイミーのランチには興味《きょうみ》しんしん。テーブルまで歩いていくと、エイミーの足もとにどっかりすわって、ため息をついた。まるで深刻《しんこく》な悩《なや》みをたくさんかかえていて、ハムサンドイッチをかじらないと解決《かいけつ》しないみたいに。

もうひとり別の女の人が来て、エイミーの向かいにすわった。

「ハーイ、マイア」

マイアは髪《かみ》と目が黒い女の人だ。背《せ》が高くて、腕《うで》の力が強そう。ズボンにかすかにネコのにおいがついている。マイアは小さな箱をひらいてフォークをとりだすと、なにかスパイシーな食べ物をつつきはじめた。

「ハーイ、エイミー。こんにちは、エリー」

マイアがケイミーには声をかけず、わたしだけにあいさつしたのに気づいて、わたしは気分がよかった。わたしはマイアが気に入った。エイミーのことも好きだけれど、エイミーはケイミーのパートナーだから、ジェイコブみたいな存在《そんざい》にはなれない。

ジェイコブはいつもどってくるんだろう？　ずいぶんたったのに帰ってこない。でも、今、マイアがいる。マイアはいいにおいがする。そして、もってきたランチもいいにおい。

近づいていくと、マイアはわたしの頭の毛をやさしくなでつけてくれた。せっけんのふんわりしたにおいと、きりっとしたトマトのにおいがした。

「もうしこみの書類は出したの？」エイミーがマイアにたずねた。

「ええ、あとは祈《いの》りながら結果を待つだけ」

わたしはフセをして、ゴムの骨《ほね》をかじった。マイアが骨《ほね》をうらやましがって、わたしの気を引こうとランチをひとくち分けてくれるんじゃないかと思って。

「エリーがかわいそうね。すっかり混乱《こんらん》してる」エイミーが言った。

わたしは顔をあげた。食べ物くれるの？

「マイア、ほんとに警察犬《けいさつけん》の部署《ぶしょ》に来るの？」

マイアはため息をついた。少し緊張《きんちょう》しているのが伝わってくる。

「犬と組む仕事が大変なのはわかってる。だけど、どんな仕事だって苦労はあるでしょ。わたし、同じことのくりかえしの毎日にうんざりしてるの。新しいことにチャレンジしたいの。これから何年か、今までとちがうことをがんばる。ねえ、このタコス食べない？うちの母が作ったの。おいしいわよ」

「ありがとう、でも、いいわ」

わたしは体を起こした。タコス？　ほしい！

マイアはわたしのことなんか完全に無視《むし》して、さっさとランチを片《かた》づけてしまった。

「警察犬《けいさつけん》と働いてる人たちはみんな細いわよね。わたし、なかなかやせられないの。減量《げんりょう》できるか心配」マイアが言った。

「そんな！　今のままでじゅうぶんよ。体力測定《そくてい》では合格《ごうかく》したんでしょ？」

「まあね」

「じゃあ、だいじょうぶ」エイミーはゴミを小さな紙袋《かみぶくろ》にしまいながら言った。「わたし、いつも仕事のあとに運動場でランニングしてるの。マイア、よかったら、いっしょに走る？　体力つくと思うわよ」

マイアはエイミーの言葉を聞いて安心したようで、少しリラックスした。「そうね。エリーにふさわしいパートナーにならなきゃ」

ふたりとも何度もわたしの名前を口にしているけれど、食べ物をくれる気はなさそうだ。わたしは日差しの中で寝《ね》ころがって、ため息をついた。いつになったらジェイコブが帰ってきて、〈シゴト〉を再開《さいかい》できるんだろう。

それからもマイアは何度か庭にランチを食べにきたけれど、ある日、ランチをもたずにやってきた。興奮気味《こうふんぎみ》で、うれしくてたまらない気持ちが体からあふれていた。マイアは笑顔《えがお》でわたしにリードをつけると、庭からつれだして車に乗せた。

「エリー、わたしたち、これから仕事のパートナーになるのよ。すごいでしょ？　もう犬舎《けんしゃ》に泊《と》まらなくていいのよ。あなたのベッドはもう買ってあるの。わたしの部屋で寝《ね》るのよ」

わたしの知っている言葉がいくつか出てきた。エリー、犬舎《けんしゃ》、ベッド。そして、もちろん〈シゴト〉。でも、なにを言っているのかは、ちっともわからなかった。これから〈シゴト〉に行くわけじゃなさそうだ。マイアの声や体の張《は》りつめ方からわかる。なのに、どうして〈シゴト〉なんて言ったの？

でも、べつにいいやと思った。ずっと一か所にいたから、別の場所に行けるのがうれしかった。それに、マイアはわたしを車の後部座席《ざせき》に乗せてくれたから、窓《まど》から鼻先を出して、犬舎《けんしゃ》にはなかったいろいろなにおいを思うぞんぶん楽しんだ。

マイアは小さな家の前で車をとめた。マイアにつれられてドアをくぐった瞬間《しゅんかん》に、ここがマイアの家だとわかった。マイアのにおいがあちこちにしみついている。でも、ネコのにおいがしたのには、がっかりだった。

わたしは家のすみずみまで念入りに探検《たんけん》した。テーブルの前の椅子《いす》には、オレンジ色のネコがすわっていて、冷たい警戒《けいかい》の目でこっちを見ている。しっぽをふりながら近づいていくと、向こうは口をあけて歯を見せ、シュ―ッといやな声を出した。

「あの子はステラよ。ステラ、エリーと仲良くしてね。これからいっしょに暮《く》らすのよ」

ステラはあくびをすると、首をひねって自分の背中《せなか》の毛をなめはじめた。わたしのことなんかちっとも気にしてないみたいに。これはちょっと思い知らせてやらなきゃと思っていると、視界《しかい》のすみでグレーと白のかたまりがサッと動いた。

「ティンカー？　あれはティンカーベルよ。シャイな子なの」

二匹《ひき》もネコがいるの？　ところが、マイアのあとについて寝室《しんしつ》に入ると、三匹《びき》めのネコがいた。茶色と黒のまじった大きなオスで、ベッドの下からのっそりと出てきて、わたしのにおいをくんくんかいだ。魚くさい息だった。

「この子はエメットよ」マイアが言った。

ステラ、ティンカーベル、エメット。いったいなんのためにマイアはひとりで三匹《びき》もネコを飼《か》っているんだろう？

ティンカーベルは、ベッドの下にかくれていればわたしがにおいをかげないと思っているらしく、ひと晩《ばん》じゅうそこから出てこなかった。マイアがキッチンでわたしの食事を器《うつわ》に入れると、エメットが来て、わたしのディナーに鼻をつっこんだ。それから顔をあげて、わたしの食べ物になんか興味《きょうみ》ないと言わんばかりに去っていった。わたしはネコどもに残りをとられないように、お皿をぴかぴかになるまでなめた。ステラはずっと同じ椅《い》子《す》にすわって、まばたきもせずにじっとこっちを見ていた。

夕食のあと、マイアはわたしを小さな庭に出してくれて、わたしが用をすませると、「エリー、いい子ね！」と言った。犬が庭に出てオシッコするのをみて感心する人間がときどきいるけれど、マイアもそのひとりらしい。

マイアが自分用に作った夕飯は、とてもおいしそうなにおいがした。ステラも同感らしく、テーブルの上にとびのって、ふらふら歩きまわった。お行儀《ぎょうぎ》の悪いネコ！　それでもマイアはしかりもしない。きっとネコはしつけをする価値《かち》もないと思っているんだろう。この三匹《びき》と半日すごしただけで、わたしにもそれがよくわかった。

そのあとは、リードをつけてマイアと散歩に出かけた。あちこちの庭に人が出てきていた。おとなも子どももいる。いろいろなにおいがして、落ちつかなくなってきた。長いあいだ〈シゴト〉ができずにいるので、そわそわしてしまう。走って、さがして、人を助けたい。わたしは無意識《むいしき》のうちにマイアのもつリードを引っぱっていた。マイアは気づいてくれたようだ。「エリー、ちょっと走りたい？」そう言って、横で軽く走りだした。

ジェイコブに教えられたように、横にぴったりついたままスピードをあげた。すぐにマイアの息が荒《あら》くなって、汗《あせ》がふきだすにおいがした。通りすぎる家の中から、犬たちがほえている。わたしたちが走っているのがうらやましいからだ。

ところが、いきなりマイアが立ちどまって、息を切らしながら言った。「ふうっ、もうだめ。これからトレーニングしなきゃね」

がっかりだった。これだけなんて。それでも、マイアにリードを引かれて、おとなしく家に向かった。

マイアの家が自分の家のような気がした。

そして夜になって、本当にそうなんだとわかってきた。お風呂《ふろ》に入ってやわらかい服に着がえたマイアは、リビングのラグで寝《ね》そべっていたわたしを寝室《しんしつ》に呼《よ》んだ。

「エリー、ここで寝《ね》るのよ。いい子ね」マイアは犬用ベッドを手でさわってみせた。

犬用ベッドならよく知っているから、わたしはすぐにその上で丸くなった。マイアはわたしをほめてから、大きなベッドに横になった。でも、最初は混乱《こんらん》していた。わたし、ずっとここで暮《く》らすの？　お母さんやきょうだいといっしょに地下室に住んでいたことや、そのあとジェイコブのアパートに移《うつ》ったことを思いだした。また環境《かんきょう》ががらっと変わったの？　わたし、ここに住むの？

それじゃ、ジェイコブは？　もうもどってこないの？　しんぼう強く待ったのに。今まではは必ず帰ってきてくれたのに、今回は——もう帰ってこないの？

それに、〈シゴト〉はどうなるの？　ジェイコブなしでどうやって〈シゴト〉をすればいいの？

つぎの朝、答えがわかった。

マイアの車に乗せられて行った先は、ジェイコブと通った公園だった。ウォリーがいて、なつかしそうに声をかけてきた。ベリンダもいる。ベリンダはほほえみながら、わたしの耳の後ろをちょうどいい強さでかいてくれた。それから、手をふって、木立の中に入っていった。

ウォリーはマイアと話している。コイ、サガセ、オシエロ——知っている言葉が何度も出てくるけれど、わたしに言っているわけじゃない。することがなくて、ふせて前足に顔をのせて、ため息をつきながらじっと待った。これから〈シゴト〉をするんじゃないの？

すると、マイアがわくわくする言葉を口にした。「エリー、さがせ！」

わたしはとびおきた。やった！〈シゴト〉だ！やっと〈シゴト〉ができる！

すぐに草のにおいをかいで、においの跡《あと》をみつけた。ベリンダのにおいだ。ベリンダはコーヒーと、つんとする香水《こうすい》と、さっきまで食べていたドーナツの砂糖《さとう》のにおいがする。

わたしはうれしくて、かけ足でにおいを追跡《ついせき》した。ウォリーとマイアがあとからついてくる。

ベリンダは車の中にすわっていた。そんなことでごまかせると思ったら、大まちがい！

わたしはくるりと向きを変えてマイアのほうにもどった。

「ほら見て。エリーの表情《ひょうじょう》。ベリンダをみつけたんだ。顔つきでわかるよ」ウォリーが言った。

わたしはマイアが〈オシエロ〉と言うのをじっと待ったけれど、ふたりは話しこんでいて、わたしにおかまいなしだ。いらいらしてきて、ほえてしまいそうになったけれど、こらえた。それでも、待つのはつらい。発見してから、ずいぶん時間がたってしまった。早く〈シゴト〉を終えたいのに！

「表情《ひょうじょう》なんて、よくわからないわ。もどってきたとき、ふだんと変わらないように見えたの」マイアが言った。

「目とか、口もとが引きしまっているんだ。よく見て」ウォリーがマイアに言う。「舌《した》は出さないんだ。ほらね？　警戒《けいかい》してる。なにか教えようとしている顔だ」

〈オシエ……〉という言葉が聞こえたので、わたしはかけだしそうになったけど、すぐにとまった。今のはコマンドじゃない。でも、どうして？　どうして〈シゴト〉をしないの？

「じゃあ、ここで、教えろってコマンド出せばいいの？」マイアがたずねた。

わたしは小さく声をもらした。じらすのはやめてよ！　これは〈シゴト〉でしょ？　ちがうの？

「教えろ！」とうとうマイアがはっきり言った。

やった！　ついに！　走りだすと、マイアが後ろからついてきた。発見されたベリンダは笑いながら車から出てきた。「さすがね、エリー」

「そしたら、ここでエリーと遊ぶんだ」ウォリーがマイアに言った。「これが重要なんだよ。がんばって働いたごほうびだから」

マイアはポケットからなにかとりだした。犬舎《けんしゃ》にあったゴムの骨《ほね》だ。わたしはとびついて口でくわえた。マイアが笑いながら骨《ほね》を引っぱる。こっちも引っぱって、マイアを草の上で一周させた。

ジェイコブが遊んでくれるときとは、ちょっとちがう。ジェイコブは義務《ぎむ》でやっていた。〈シゴト〉の一環《いっかん》として。でもマイアはにこにこ笑っている。骨《ほね》をとられて草にしりもちをつきそうになっても笑っている。

「エリー、強いわね！」マイアは息をのんで、また声をあげて笑った。「いい子ね、エリー！」わたしをなでて、耳の後ろをかいてくれた。それからまた骨《ほね》の引っぱりっこをして、〈シゴト〉にもどった。

マイアとの〈シゴト〉は今までとちょっと感じがちがった。けれど、〈シゴト〉は〈シゴト〉。それがいちばん大事なことだ。

11 パートナーの涙《なみだ》

マイアの家に行ってから変わったのは、〈シゴト〉のしかただけじゃなかった。あらゆることが、ジェイコブとの暮《く》らしとはちがっていた。

まずは、ネコがたくさんいること。それから、マイアにはジェイコブよりずっと友だちが多いこと。マイアは毎晩《まいばん》のように、たくさんの人が集まる大きな家に行く。そこにはママと呼《よ》ばれる、いいにおいがする女の人がいる。ママがいいにおいがするのは、いつも料理をしているからだ。マイアとわたしがママの家に行くといつも、小さな子どもたちが走りまわって遊んでいる。

大きな子どもたちはマイアにあいさつするのも忘《わす》れて、「エリー、エリー！　エリーが来た！」とはしゃぐ。男の子たちはボールを投げるので、わたしはしんぼう強くつきあって、何度もボールをとりにいく。女の子たちはわたしに帽子《ぼうし》をかぶせて、おたがいにつかまらないと立っていられなくなるくらい大笑い。小さな子どもたちはわたしの上にはいあがったり、乗りこえたり、わたしの目に指をつっこもうとしたりする。

それでも、べつにかまわなかった。自分が赤ちゃんのころ、きょうだいといっしょにバーニーを追いかけて遊んだのを思い出す。ここの小さな子どもたちは、子犬みたいなものだ。まだ正しい遊び方を知らないから、しばらくはこっちががまんしなくちゃならない。

毛を引っぱられるのにうんざりすると、そっと体をふって子どもたちをおしのけて、キッチンのテーブルの下に避難《ひなん》する。ママはいつもキッチンで、ボウルの中身をかきまぜたり、なべの中身を味見したりしている。そして、床《ゆか》にはたいていおいしいものが落ちていて、だれかになめられるのを待っている。わたしはキッチンが大好き。

マイアの家の近所にはアルという男の人が住んでいて、よく家の前に来てマイアとしゃべっている。アルがしょっちゅう使う言葉があって、わたしまで覚えてしまった。それは、〈手伝う〉という言葉だ。

「マイア、その箱を運ぶのを手伝おうか？」とか、「ドアの修理《しゅうり》を手伝おうか？」とか。

「いいの、いいの」マイアはいつも言う。

「犬と暮《く》らしはじめたんだね？」わたしがマイアの家に来てまもないころ、アルはたずねた。

　アルはしゃがんで、わたしの耳の後ろをかいてくれた。それがとてもうまかったので、わたしはすぐにアルのことが好きになった。ちょうどいい場所をちょうどいい強さでかくのは、だれにでもできることじゃないけど、アルにはそれができる。わたしはつづけてもらいたくて、アルにもたれかかった。アルは紙とインクとコーヒーと緊張感《きんちょうかん》のにおいがする。

「そうなの」マイアはふだんより少し速めにしゃべった。「警察《けいさつ》の救助犬なの」マイアの肌《はだ》が熱くなって、手が汗《あせ》ばんでくる。アルが来て、〈手伝う〉と言うと、いつもこうだ。でも、アルのことをこわがっているわけじゃないのはわかる。なんだかへんなふたり。だけど、アルが耳の後ろをかいてくれてるあいだは、なにも気にならない。

「犬の訓練を手伝おうか？」アルがたずねた。

　わたしのことを話題にしているのがわかったので、しっぽをふった。

「いいの、いいの。エリーはもう訓練は終わってるの。あとはわたしとコンビで仕事をする練習だけよ」

〈エリー〉と〈シゴト〉という言葉が出てきたので、わたしはさらにしっぽをふった。

アルは耳の後ろをかく手をとめて、背中《せなか》をのばした。「マイア、きみ……」

アルがなにか言いかけたのを、マイアがさえぎった。

「あの、わたし、もう行かないと……」

「今日の髪型《かみがた》、かわいいね」

ふたりは向きあって見つめあった。ふたりとも緊張《きんちょう》していて、今にもなにか悪いことが起こりそうな気がした。わたしは何者かがおそってくるんじゃないかと、あたりを見まわしたけれど、エメットよりこわいものは見あたらない。エメットは窓《まど》ごしにこっちをじっと見ていた。たぶん、自分はずっと家の中にいるのに、わたしだけ外に出かけられるのが、うらやましいんだろう。

「ありがとう、アル。あの……」

「もう出かけるんだろ？」

「ええ」

「それとも……」

「それとも？」

「あの……なにか手伝おうか？」

「いいの、いいの」

アルはうなずいて出ていった。マイアのさびしさが伝わってきたから、わたしは体をおしつけて耳をかかせてあげた。

マイアとわたしはほとんど毎日、〈シゴト〉に行く。さがすのは、ウォリーだったり、ベリンダだったりする。ときどき、ママの家の大きな子たちがついてくる。子どもたちが来ると、とても楽しい。発見されると大喜びして、何度も何度も〈イイコ〉って言ってくれるし、棒《ぼう》の引っぱりっこをいつまでもやってくれる。マイアが笑いながら、もうつぎの〈シゴト〉を始めるからやめてって言うまで。

マイアはジェイコブよりずっと足が遅《おそ》くて、走りだすとすぐに息を切らして汗《あせ》をかきはじめる。わたしについてこられないので、引き返してみると、マイアが両手をひざに当ててじっとしていることがあった。そんなとき、わたしはじっと待たなくちゃならないと、すぐ覚えた。

一度、ウォリーを発見してマイアに教えにいくと、マイアは泣いていた。いらだちと不安で胸《むね》がいっぱいになって涙《なみだ》があふれてしまったようだ。わたしはマイアを見つめながら、自分で立ち直ってくれるのを待った。マイアが悲しい気持ちなのはわかるけれど、今なぐさめることはできない。〈シゴト〉中だから。マイアもそれをわかっていて、急いで涙《なみだ》をふいた。

「さあ、エリー。教えろ」

わたしは小川のわきの岩にすわっているウォリーのところまでマイアをつれていった。それから、みんなでピクニックテーブルにもどった。ウォリーはプラスチックケースから冷たいぬれた缶《かん》を一本とって、マイアにわたした。マイアは草の上にわたしの器《うつわ》を置いて、ペットボトルの水を入れてくれた。わたしは勢《いきお》いよく水を飲んで、テーブルのかげに寝《ね》そべった。

マイアの不安が伝わってきたので、マイアの足に顔をくっつけた。

「これじゃ資格《しかく》はとれないわよね？」マイアがテーブルにひじをついて、ため息をつくのが聞こえた。

「エリーはぼくが今まで見てきたなかでいちばん優秀《ゆうしゅう》な犬だよ」ウォリーは用心しながら言った。緊張《きんちょう》しているような声だ。

「そう、わたしのせいなの。わたし、太ってるし……」

「なに言ってるんだよ。そういう意味じゃ……」ウォリーはなにかにおびえている。わたしは今度はどんな危険《きけん》がせまっているのか、起きあがってようすを見た。

「いいのよ。わたしね、ちょっとは減量《げんりょう》したの。二キロだけだけど」

「へえ、すごいね！　あ、でも、もともと太ってなんかいないのに」ウォリーは口ごもった。ひたいから汗《あせ》がふきだしているのが、においでわかる。「あのさ、もしよかったら、運動場に行くとか……もしかしたら効果《こうか》あるかも」

「これでも運動場で走ってるのよ！」

「ああ、そうなんだ！」ウォリーの不安が高まったので、わたしは小さく鳴いた。

「あの、その……じゃあ、ぼくはこれで」

マイアが悲しそうに言った。「ねえ、わたし、知らなかったの。こんなに走るなんて。思ってたよりずっときついわ。わたしなんかもうやめて、もっと体力のある人にかわってもらったほうがいいのかも」

「あのさ、そういう話はベリンダに相談してみたら？」ウォリーは動揺《どうよう》しながら言った。

マイアがため息をついてうなずくと、ウォリーはほっとしたようすで立ちあがって去っていった。わたしはマイアのそばにまた横になった。どんなおそろしい危機《きき》だったのかわからないけれど、もうだいじょうぶだ。

つぎの日、わたしたちは〈シゴト〉には行かなかった。マイアは新しいやわらかい靴《くつ》をはいて、わたしのリードをにぎった。行った先は、あの海っていう巨大《きょだい》な池のふちの砂《すな》にそってつづく長い道だった。わたしがシャーロットという女の子を発見したところだ。

海辺では、あちこちに犬がいた。マイアからのコマンドはなかったけれど、わたしはこれは新しい形の〈シゴト〉だと感じていたから、ほかの犬がほえたり、うろうろしたりしても、すべて無視《むし》した。マイアとわたしは、海ぞいの道をえんえんと走りつづけた。マイアといっしょにこんなに長い距離《きょり》を走ったのは初めてだ。マイアの中に新たな決意があるのが伝わってくる。太陽が空高くのぼっていくあいだ、マイアは走りつづけ、わたしはその横にぴったりくっついていた。

マイアは体が痛《いた》みと疲《つか》れでいっぱいになるまで走りつづけてから、やっとU《ユー》ターンした。帰りもマイアの決心はゆらがなかった。途中《とちゅう》で何度かとまったけれど、くさい建物の横にある水道の水をわたしに飲ませると、また走りだす。休憩《きゅうけい》をとるたびに少し速度が落ちたけれど、走るのはやめなかった。

やっと前方に駐車場《ちゅうしゃじょう》が見えてくると、マイアは「もうだめ」とつぶやいて、足をゆるめて歩きだした。

車にたどりつくころには、マイアは足を引きずっていて、ふたりとも息切れしていた。マイアは車の後ろにすわって一気にペットボトルの水を半分飲んだあと、すぐにかがみこんで、飲んだ水を足もとに吐《は》いてしまった。

わたしはマイアが傷《きず》ついているのが悲しくて、マイアのひざに顔をのせた。マイアはぐったりしていて、わたしの頭をなでる力も残っていない。

「だいじょうぶですか？」ランニング中の若《わか》い女の人が声をかけてきた。その人は汗《あせ》はかいているけれど、楽に息をしている。マイアは顔もあげずにうなずいた。

つぎの日は、またふだんの公園で、〈サガセ〉をやった。マイアは車からつらそうにおりてきて、うめきながらピクニックテーブルまで歩いた。わたしはその足もとにすわって、コマンドをじっと待った。

マイアはため息をついて、悲しげな低い声で言った。「エリー、さがせ」

わたしは勢《いきお》いよくとびだしていって、地面をかいだ。ウォリーのにおいはまったくしなかったけれど、ベリンダのにおいがすぐにみつかった。ベリンダがここを歩いてからあまり時間がたってないから、かんたんに発見できるだろう。

マイアのうめき声がしたので、わたしは進むのをためらって後ろをふりむいた。マイアは一歩ごとに足が痛《いた》むようで、ものすごく動きが遅《おそ》い。わたしはベリンダのにおいを追って先に木のほうに走っていった。ベリンダは茂《しげ》みのあいだをくぐりぬけていったようで、あたりの葉っぱにたっぷりにおいが残っている。しばらく進んだあと立ちどまって、茂《しげ》みをぬけて引き返し、マイアのもとに走ってもどった。

マイアはおどろいた顔でわたしを見おろした。

「エリー？　どうしたの？　具合でも悪いの？　さがせ！」

ううん、具合が悪いのは、そっちでしょ！　マイアは足を引きながら必死についてくるけれど、なかなか進まないし、その歩き方を見ていると、かなり痛《いた》そうだ。わたしだけで遠くまで行きたくない。マイアが追いつけなかったら、ベリンダの居場所《いばしょ》を教えられなくなってしまうから。

わたしはゆっくり走りながら進んでいった。ゆっくり進むのは難《むずか》しい。においの跡《あと》がはっきりわかるから、ベリンダを発見するのが待ちきれなくて、気がせいてしまう。それでも、マイアがついてこられるようにペースをおさえた。後ろのほうでマイアが茂《しげ》みをかきわける音が聞こえると、引き返してマイアの顔を見あげる。それからまた向きを変えて地面のベリンダのにおいをたどった。

ベリンダは小川に入って向こう岸にわたり、川ぞいに歩いたようだ。わたしはすぐに向こう岸のにおいをみつけて、追跡《ついせき》をつづけた。後ろからマイアが顔をしかめて水の中を歩いてくる。わたしは小高い丘《おか》にかけあがっていったん立ちどまり、マイアがついてくるのを確《たし》かめた。マイアの姿《すがた》を確認《かくにん》してから、背《せ》の高い草をかき分けて進む。ベリンダのにおいが一歩ごとに強くなっていく。

草むらから出ると、木の幹《みき》にもたれて横になっているベリンダがいた。

わたしはマイアのもとにかけもどった。マイアはゆっくり丘《おか》をのぼりはじめるところだった。「エリー、いい子ね！」わたしに気づくとあえぎながら言った。「教えろ！」

わたしは肩《かた》ごしに何度もふりかえって、マイアから一メートル以上離《はな》れないようにしながら、ゆっくり丘《おか》をのぼっていった。ふたりで背《せ》の高い草むらをぬけると、ベリンダは木の下で眠《ねむ》っていた。

マイアは何度か大きく息をすった。

「いい子ね。エリー、ほんとにすばらしいわ」

マイアはわたしにささやいてから、鼻をすすった。それから、せきばらいをした。ベリンダがはっと起きあがって腕時計《うでどけい》を見た。びっくりしているのがわかる。

「えっと……今日はちょっと調子が悪くて時間がかかっちゃったわ」マイアが言うと、ベリンダはうなずいて笑顔《えがお》で立ちあがった。

その晩《ばん》、マイアがお風呂《ふろ》に入っているあいだ、わたしはリビングにいた。ティンカーベルはいつものように自分の世界にこもっていた。ステラは寝室《しんしつ》でわたしのベッドをチェックしている。においからすると、マイアとわたしが〈シゴト〉に行っているあいだ、ステラはわたしのベッドにいたらしい。

「エリー！　エリー、おいで！」マイアが呼《よ》んでいる。

マイアはバスタブにつかって、顔だけ水面から出していた。泡《あわ》いっぱいのお湯のにおいに興味《きょうみ》がわいて少しなめてみたら、ひどい味だった。首をぶるぶるふって、まずい味をはらいのける。

エメットはバスマットにすわって毛づくろいをしながら、無関心をよそおいつつ、なりゆきをみている。

マイアはぬれた手をのばして、わたしの頭をなでた。

「ごめんね、エリー」悲しげな低い声だ。「わたし、やっぱりだめね。現場《げんば》に出ても、あなたのスピードについていけない。エリー、いい子ね。あなたはとても優秀《ゆうしゅう》な警察犬《けいさつけん》よ。

もっとまともな人と組まないとね」

イイコと言われたので、わたしはしっぽをふった。でも、イイコって言うとき人間はふつううれしそうにするものだけど、マイアは悲しい顔のままだった。ひとりぼっちで水につかって、さびしそう。わたしがいっしょにバスタブに入ったら、マイアは喜ぶかな？

わたしはバスタブのふちに前足をかけた。マイアは水の底に寝《ね》そべっているから、しずむ心配はない。ジェイコブを追って噴水《ふんすい》にとびこんだり、海に入ったりしたときよりも楽しそうだ。

エメットは毛づくろいをやめて、見くだすような目でこっちを見ている。わたしがその気になれば、エメットなんかふた口で食べちゃうってこと、わかってないみたい。わたしがおとなしくしてるからって、あんなえらそうな態度《たいど》はゆるせない。エメットは挑発《ちょうはつ》するようにしっぽをつんと高くあげて、バスルームから出ていった。追いかけていって思い知らせてやりたくなる。

「エリー、明日サプライズがあるのよ」マイアが言った。

よし、準備《じゅんび》はオッケー。ここまで来たら、やらなきゃ……。

わたしは後ろ足で床《ゆか》をけって、バスタブのマイアの上にとびのり、もこもこの泡《あわ》の中にうもれた。お湯がザーッとあふれて床《ゆか》にこぼれる。

「もう、エリー！」マイアはふきだして大笑い。ろうそくの炎《ほのお》が消えるみたいに、マイアの悲しみが消えていった。

12　先《せん》輩《ぱい》の助言

ドライブだ！　マイアが運転席に乗って、わたしは喜んで後ろの席にとびのった。

今日は〈シゴト〉に行くわけじゃなさそうだ。マイアがごきげんだから。最近マイアは、〈シゴト〉のときはちっともうれしそうじゃない。今日はマイアがなんだか興《こう》奮《ふん》しているのが伝わってきて、わたしまでわくわくする。窓《まど》から鼻先を出して、流れてくるにおいを味わった。うれしくなってしっぽをふると、シートにバシバシ当たった。

マイアが車をとめてドアをあけたとき、わたしはおどろいた。

ジェイコブのアパートだ！

わたしはマイアの先を走って階《かい》段《だん》をあがり、ドアに向かってほえた。ジェイコブと暮《く》らしていたころは、こんなことはぜったいにしなかったけれど、あまりのうれしさで自分をおさえられなかった。ジェイコブ！　ジェイコブにまた会える！

中にジェイコブがいるのが、においでわかった。ジェイコブがドアに近づいてくる。ジェイコブがドアをあけた。わたしはうれしくて体をくねらせながらとびついた。やっと会えた！　その姿《すがた》を見て、においをかいで、声をきくのは、ほんとうに久《ひさ》しぶりだ。

「エリー！　元気か？　すわれ！」ジェイコブがコマンドを出した。わたしは床《ゆか》にすわったけど、おしりがじっとしていてくれない。

「ジェイコブ、こんにちは」マイアがドアの外から声をかけた。

「やあ、マイア、入って」

ジェイコブが椅子《いす》のほうに歩いていったので、わたしはとびはねながらついていった。ジェイコブは以前よりゆっくり動いて、椅子《いす》の背《せ》につかまりながら腰《こし》をおろした。

わたしはジェイコブのひざに顔をのせた。マイアのバスタブにとびこんだような勢《いきお》いで、ひざにとびのりたい気持ちだけど、ジェイコブはぜったいそんなことゆるしてくれないだろう。それに、今のジェイコブには荒《あら》っぽくさわってはいけないような気がしていた。

マイアとジェイコブは人間同士でしばらく会話していた。わたしはジェイコブのそばを離《はな》れて、アパートの中のにおいをかいでまわった。前とそんなに変わっていない。わたしのベッドはなくなっていたけど、わたしのにおいはまだ寝室《しんしつ》に残っていた。べつにかまわない。カーペットの上で寝《ね》てもいいし、もしよかったらジェイコブのベッドでいっしょに寝《ね》てあげてもいい。

ジェイコブのところにもどろうとして、マイアの横を通ったとき、マイアの手がわたしの背中《せなか》をなでた。せっけんと甘《あま》いローションとおいしい食べ物のにおいのする手。

そのとき、はっと気づいた。ジェイコブとの暮《く》らしにもどるということは、マイアと別れるんだ。

ジェイコブがわたしをお母さんやきょうだいのもとからつれだしたとき、わたしには選ぶ権利《けんり》がなかった。マイアがわたしを犬舎《けんしゃ》から家につれて帰ったときも、選ぶ権利《けんり》なんてなかった。そういうものだとわかっている。犬は自分がどこで暮《く》らすか決めることができない。それは人間が決めること。

それでも、わたしの中でなにかがふたつに引きさかれるような気持ちだった。

ジェイコブは〈シゴト〉のパートナーとしてはマイアよりずっといい。だけどマイアはジェイコブとちがって、心の中に暗い悲しみをかかえていなくて、笑うときは心から楽しんでいる。ママの家で親せきの小さな子たちを抱《だ》きしめるときは、マイアから喜びが波みたいに広がってくる。そして、マイアがわたしをなでたり、耳の後ろをかいたり、イイコって呼《よ》んだりするときには、むかしジョージアがくれたみたいな愛情《あいじょう》が感じられる。それはジェイコブが決して見せない感情《かんじょう》だ。

まあ、ジェイコブのアパートなら、めんどうなネコがいなくていいけど……。

わたしは自分の生きる目的を知っている。さがして、伝えて、人を助けること。以前はジェイコブと組んで〈シゴト〉をしていた。今ではマイアとも〈シゴト〉をする。だけど、これからどうなる？　わたしはジェイコブのアパートに残るの？　マイアの家に帰るの？　これからは、どっちと〈シゴト〉をするの？

わたしはそわそわと行ったり来たりした。

「外に出たいの？」マイアがたずねた。

「いや、外に出たいときはドアの前にすわる」ジェイコブが言った。

「ああ、そうだったのね。見たことあるわ。うちではたいてい裏口《うらぐち》をあけはなしてあって、好きなときに出入りしてるから」

ふたりはしばらくだまりこんだ。ジェイコブのそばなのに、わたしは落ちつかなくてじっとしていられなくなって、キッチンに行ってみた。ママのキッチンとはぜんぜんちがって、床《ゆか》はぴかぴかだ。前からそうだった。おいしいものなんか落ちてない。なにかあったら気が晴れたのに、がっかりだ。

「ジェイコブ、後遺症《こういしょう》がのこるそうね」

「ああ、この五年間で二度うたれたんだ。もう警察《けいさつ》はじゅうぶんだ」

「警察《けいさつ》をやめてしまうなんて残念ね」マイアは静かに言った。

「遠くに行くわけじゃない。カリフォルニア大学ロサンゼルス校に入るんだ。法律《ほうりつ》の勉強をやりなおす。一年半で卒業だ」

またふたりはだまりこんだ。マイアが困《こま》っているのが伝わってくる。ジェイコブとしゃべる相手は、よくこんなふうになっていた。ジェイコブの言葉がどんどんゆっくりになって、そのうちとまってしまう。相手はだまってきいているけれど、だんだん困惑《こんわく》していく。

わたしはリビングにもどったけど、落ちつかなくてぐるぐる歩きまわった。ジェイコブはわたしを見ている。

「で、マイア、いつ試験を受けるんだ？」ジェイコブはやっと沈黙《ちんもく》に気づいたように言った。

わたしはふたりのちょうどあいだに行って、ため息をつきながら床《ゆか》にふせた。このふたりがなにをするつもりなのか、よくわからない。どっちも楽しくないのに、どうして向かいあって会話をつづけているんだろう？　わたしだって楽しくない。

「あと二週間なんだけど……」マイアの言葉はとぎれた。

「けど？」

「キャンセルしようかと思ってるの」マイアは一気にしゃべった。ぐずぐずしていると言い終えられないと思っているみたいに。「わたしにはもう無理。こんなに大変だなんて……。だから、だれかほかの人がやったほうがいいと思って」

「だめだ」ジェイコブがきつい声で言った。

わたしは顔をあげてジェイコブを見た。どうして怒《おこ》っているんだろう？

「犬にとって、パートナーがころころ変わるのはよくない。エリーはめったにいない優秀な犬だ」

自分の名前が出てきたので、しっぽで床《ゆか》を打った。でも、ジェイコブはまだきびしい顔をしている。

「きみがエリーを見放したら、エリーはだいなしになるかもしれないんだぞ。ウォリーはきみたちのあいだには、もういい関係ができあがってると言っていた。おれが見てもそう思う。エリーのパートナーはきみだ。エリーはきみをたよりにしている。きみたちはコンビなんだ」

「わたし、体力的に向いていないのよ」マイアの声には、涙《なみだ》と怒《いか》りがまじっていた。わたしは心配になってマイアのほうを見た。ふたりとも怒《おこ》っているなら、わたしはどっちに先に行けばいいの？　マイアをなぐさめるのが先？　それとも、ジェイコブのそばに行って、なだめる？

そういえば、キッチンには本当になにも落ちてないのかな。見落としたかもしれないから、もう一度キッチンに……。

「わたし、あなたみたいに強くないの。毎年の体力測定《そくてい》にパスするのがやっとの、ただのおまわりさんよ。がんばったけど、もうきついの」

「きつい？」ジェイコブがマイアをにらみ、マイアは肩《かた》をすぼめて目をそらした。怒《いか》りから恥《は》ずかしさに変わっている。

ジェイコブはまだ怒《おこ》っているけれど、マイアはただ悲しそうだ。それを見て、わたしは自分がどうすればいいかわかってきた。起きあがってマイアのそばに行って、手に鼻をすりよせた。

「エリーだってきついんだ。わからないのか？　エリーのことはどうでもいいのか？」

「どうでもよくなんかないわ」

「もう仕事をしたくないんだな？」

マイアの中に熱い涙《なみだ》がこみあげていて、必死にこらえているのが、わたしにもわかる。もう一度マイアの手を下から鼻でつついた。マイアはわたしをなでてくれた。少しマイアの気持ちが楽になったのが伝わってくる。わたしも楽になった。

マイアは少し顔がふるえていたけれど、かすかにほほえんだ。そして、わたしの頭から首にかけて、手のひらでしっかりなでてくれた。

「ああ、エリー」

マイアはジェイコブを見た。「もちろん、エリーは大事よ。ジェイコブ、どうでもいいなんて、とんでもない！　わたしはエリーのことを思って言ってるの。エリーには、ちゃんと走れてエリーについていけるパートナーがふさわしいの。わたしじゃだめだって言ってるの。わたしにはその力がないの」

「その力がない……」

ジェイコブはマイアを見ずに小さな声で言った。

「最初にうたれたとき、肩《かた》がぼろぼろでさ。大変だった。毎日、リハビリに通った。たった一キロの小さなおもりをつけただけでも痛《いた》くて……。あのとき、妻《つま》のスーザンは最後の抗《こう》がん剤治療《ざいちりょう》をしていたんだ。おれは何度もリハビリにくじけそうになった。きつくて」

ジェイコブはマイアのほうを向いて、まばたきをした。「けど、スーザンは余命《よめい》わずかだったのに、ぜったいにあきらめなかった。どんなにきつくても、最後の最後まで。彼女《かのじょ》ががんばってるんだから、おれもがんばらなくちゃと思った。大事なことだ。努力でなんとかなることなら、挫折《ざせつ》なんてゆるされない」

ジェイコブの中で、またあの黒い悲しみが嵐《あらし》のようにうず巻《ま》いていた。怒《いか》りはもう消えている。突風《とっぷう》にふきとばされて消えたみたいに。わたしはマイアから離《はな》れて、ジェイコブに近づいた。足もとにすわって、ジェイコブの顔を見あげた。

「きついのはわかるよ、マイア」その声はかすれていた。「がんばれよ」

ジェイコブは椅子《いす》に深く体を沈《しず》めた。疲《つか》れきって、もうしゃべれないような感じだ。そのとき、なんとなくわたしは思った。わたしはもうこのアパートの暮《く》らしにはもどらない。ジェイコブはもう〈シゴト〉に関心がなくなってしまったから。

マイアの中にも悲しみが流れているけれど、マイアはジェイコブみたいに疲《つか》れきってはいない。背筋《せすじ》をのばしてすわっていて、いつもより強そうに見える。わたしをつれて海にランニングに行った日のマイアの強さを思いだした。あの日マイアは、自分の限界《げんかい》に挑《ちょう》戦《せん》していた。

「わかった。あなたの言うとおりよ」マイアは言った。

わたしたちが帰るとき、ジェイコブは玄関《げんかん》まで来て、わたしの頭をポンポンとなでた。

「マイア、さよなら。エリー、さよなら。エリー、いい子だな」

わたしはジェイコブの手をなめて、最後に一度ジェイコブのにおいをすいこんだ。ジェイコブの肌《はだ》と、汗《あせ》と、ジェイコブの心の中にある暗い悲しみと強さのにおいがした。それからマイアといっしょにアパートを出た。

ジェイコブとマイアはわたしの将来《しょうらい》について、ふたりで決めた。わたしは満足だった。わたしはこれから〈シゴト〉をする。マイアといっしょに。

マイアとわたしは〈シゴト〉のパートナーになる。

ジェイコブのアパートを出たあと、マイアと走って丘《おか》にのぼった。マイアがついてこれるように、少し先をゆっくり走る。しばらくすると、荒《あら》い息が聞こえてきて、マイアがたおれる音がした。

急いでマイアのそばにもどって、顔に鼻をすりよせた。汗《あせ》から塩のにおいがした。ひざから血が出ていて、血も塩のにおいがした。それから、するどい痛《いた》みのにおいも。

「だいじょうぶよ、エリー」マイアはすぐに立ちあがった。「だいじょうぶ。走るわよ」

それから毎日、〈シゴト〉のあとにいっしょに走るようになった。走るのはとても楽しい。いろんなにおいがする。〈シゴト〉中じゃないから、立ちどまってくんくんにおいをかぐ。ほかの犬のにおい、ウサギやリスやネコの通ったにおい、草の中に落ちている食べ物のくず。ときにはマイアが先に走っていってしまって、わたしがダッシュで追いかけることもあった。

マイアと走る時間は最高だった。ひとつだけ、わたしがいやだったのは、走り終わって車にもどるとき、マイアがつらそうなこと。ジェイコブに会いにいってから何日かたったある晩《ばん》、家に帰りついて車をとめたマイアは、そのまま運転席にじっとすわっていた。

わたしは後ろの座席《ざせき》で立ちあがって、とびおりる準備《じゅんび》をした。夕食の時間でお腹《なか》がぺこぺこだったから。

でも、マイアは動かなかった。

わたしは前の席に首をつきだして、マイアの顔をのぞきこんだ。マイアは片手《かたて》をのばして車のキーをまわして、あのいやな音をとめたけれど、そのあと、ただじっとすわって顔から汗《あせ》を流していた。

マイアは疲《つか》れているんだ。疲《つか》れきって、車からおりる力が残っていない。

「これじゃ試験に落ちる。エリー、ごめんね」マイアはわたしのほうをふりむかずに、小さな声で言った。

自分の名前が聞きとれたけれど、マイアがなにをしてほしいのかわからなかった。だから、じっとがまん強く待った。エメットとステラが窓《まど》の中からこっちを見ている。あのネコたちは、車に乗ったことなんかないだろう。ランニングなんか、ぜったいできない。当然だ。犬はネコより上なんだから。マイアはなにか理由があってあのネコたちが好きなようだけど、ネコが役に立たないことぐらいわかっているはずだ。

ティンカーベルの姿《すがた》は見えなかった。きっと車の音を聞いて、こわがって物かげにかくれているんだろう。

「マイア、だいじょうぶ?」

そのときやさしい声がした。アルだ。風向きが逆《ぎゃく》だったから、アルのにおいに気づかなかった。わたしは耳の後ろをかいてもらえるように窓《まど》から顔を出した。

「えっ、あ、ああ、アル」マイアははっとわれに返って車からおりた。足が痛《いた》いのか、少し動きがぎこちない。「ええ、あの……ちょっと考えごとをしていただけ」

「そうか。えっと、きみの車が入ってくるのが見えたから……」

「ああ」

「なにか手伝うことはないかと思って、来てみたんだ」

またただ。アルの好きな言葉。わたしはもう片方《かたほう》の耳の後ろもかいてほしくて、顔の向きを変えた。

「ううん、なにも。エリーと走ってきただけなの」

アルがドアをあけてくれたので、わたしは車からとびおりて、するどい視線《しせん》でエメットとステラをにらんだ。犬は外に出られるけど、ネコは中に閉《と》じこめられてるってこと、わからせてやらなくちゃ。ネコたちはいやそうに目をそらした。

「そうか」アルは深く息をすった。「マイア、きみ、やせたね」

「えっ?」マイアはアルを見つめた。

アルはびくっとしたように見えた。「あ、あの、前が太ってたってわけじゃないよ。ふっと思ったんだ。短パンをはくと、脚《あし》が細いんだなって」アルは気の毒なくらいあせりながら後ずさった。「ぼくはそろそろ帰るよ」

アルが帰ってしまうのは残念だった。またしばらく耳の後ろをかいてもらえなくなるから。だけど、アルが帰ったら、マイアは家に入って夕食を出してくれるはず。

「ありがとう、アル。うれしいわ」

アルは立ちどまって、背筋《せすじ》を少しのばした。ほっとしたのがにおいでわかった。アルはやさしい声で言った。

「きみはランニングなんかする必要ないと思うよ。今のままでもすごくきれいだから」

マイアは笑った。アルも笑った。わたしはしっぽをふって、窓《まど》の向こうでなにもわからずにいるネコたちに、自分には人間たちが笑っているわけがわかるんだと見せつけてやった。

13 みんなの笑《え》顔《がお》

それから一週間ほどたって、マイアとわたしは〈シゴト〉に行った。ほかにも犬が来ていて、立って見ている人たちがいた。ふだんと雰囲気《ふんいき》がちがったけれど、わたしは気にしなかった。〈シゴト〉のときはまわりを気にしないで集中しなくちゃ。

マイアのコマンドどおり、グラグラ動く不安定な板にのぼってバランスをとり、用心しながらおりた。つぎは、ふたつの台の上にわたした板の上にすわるように指示《しじ》され、おりていいと言われるまでじっと待った。

つぎは、長い管の反対側から呼《よ》ばれた。トンネルくぐりはジェイコブとやったことがある。最初は暗くてこわくて苦手だったけど、今では得意だ。これも〈シゴト〉のひとつ。わたしは管にとびこんでつっ走った。トンネルの向こうにぬけると、マイアの笑顔《えがお》が迎《むか》えてくれた。

「エリー、いい子ね！」

つぎは、〈サガセ〉だった。

わたしはこれがいちばん好き。マイアはほかのコマンドも大事にしているし、ジェイコブもそうだった。わたしはちゃんとわかっているから、不安定な板にのぼったりトンネルをくぐったりするのも、いやがらずにやる。だけど、いちばん重要なのは〈サガセ〉だ。〈サガセ〉こそが、本当の〈シゴト〉。

わたしは地面の草に鼻をつけて、真剣《しんけん》ににおいをかいだ。すぐににおいがひとつ、みつかった。ペパーミントのガムと、スパイシーなコロンと、コーヒーと、革《かわ》のコートのにおいのする男の人。マイアの声の調子と体の力の入り方から、緊張《きんちょう》と興奮《こうふん》がわかる。わたしは急いでにおいを追跡《ついせき》した。マイアが後ろからついてくる。

草むらで最初の発見があった。男性用《だんせいよう》のソックスひと組。どうして人間は、身につけているものを落とすんだろう？　全身が毛でおおわれていたら楽なのに。わたしはマイアのところにダッシュでもどった。マイアは息がはずんでいたけど、まだだいじょうぶそうだった。わたしの顔を見てすぐ、「教えろ！」と言った。

ソックスのところまで走ってきたマイアは、息が荒《あら》くなっていた。

「いい子ね、エリー！　エリー、さがせ！」

わたしはまたかけだした。木のあいだや草むらをぬけて、水たまりをとびこえて、においをたどる。追跡《ついせき》なんてかんたんだ。楽しい！

ふいに、においが地面から上にのぼっていくように感じた。立ちどまって、鼻を高くあげた。風が男の人のにおいを運んでくる。においは地面よりも空中のほうが強い。どういうことか、わたしにはすぐわかった。ウォリーが何度もこのトリックをしかけてきたことがある。

上を見ると、やっぱり！　男の人が木の枝《えだ》に乗っている。まだ気づかれていないと思っているのか、動かずにじっとしている。わたしをだませるわけないのに！

わたしはU《ユー》ターンしてマイアのほうに走った。マイアはもう近くまで来ていて、ぜいぜい息を切らしながら言った。

「教えろ」

わたしが動きだすと、マイアは茂《しげ》みをかきわけ、枝《えだ》の下をくぐってついてきた。顔に枝《えだ》が当たる音とうめき声がして、ふりかえったけど、マイアは「教えろ！」とまたさけんだ。

わたしは男の人のいる木の下にすわって上を向いた。マイアはわたしの横まで走ってくると、立ちどまって、わけがわからずにあたりを見まわした。

「エリー、どうしたの？　いないわよ。どうしてとまっちゃったの？」

わたしはじっと男の人を見あげていた。その人はぴたりととまっていて、木の枝《えだ》の一本のように見えた。

「エリー？　教えろ！」

もう教えているのに。わたしはいらいらして体を動かしたけど、視線《しせん》はずっと男の人に向けていた。ジェイコブだったらすぐ気づいてくれるのに。

「エリー？　エリー？　ああ！　そういうことね！」

マイアはようやく上を向くと、にっこり笑った。男の人も笑顔《えがお》で木からとびおりた。

マイアが骨《ほね》のオモチャをポケットから出して、引っぱりっこが始まった。いっしょに遊びながら、マイアの誇《ほこ》らしさと、うれしさがわたしに伝わってきた。

「いいコンビだね」発見した男の人が言った。

「はい」

マイアは骨《ほね》から手を放すと、ひざをついてわたしの首に抱《だ》きついた。

「わたしたち、コンビです！」

その夜、マイアにつれられてママの家に行った。家には人がいっぱいで、子どもたちも勢《せい》ぞろいしていた。ジョーと呼《よ》ばれている背《せ》の高いやせた少年もいるし、まだ人間というより子犬みたいな小さな子たちもいる。おとなもたくさんいる。みんなマイアをだきしめて、わたしをなでながら何度もわたしの名前を口にした。

「無事に試験に合格《ごうかく》したんだから、もうがまんしないで、たくさん食べなさいね」ママがマイアに言った。

そのとき、玄関《げんかん》のベルが鳴った。ママの家のベルが鳴るのはめずらしい。みんな、ベルなしで勝手にドアをあけて入ってくるから。わたしはママのあとについて玄関《げんかん》に行ってみた。ドアをあけて、ママはうれしいおどろきに息をとめて、それからいつもよりさらにうれしそうにほほえんだ。

訪《たず》ねてきたのは、アルだった。片手《かたて》に花束をもって。アルがママに花束をわたすと、ママはアルのほほにキスをした。アルは赤くなったけど、うれしそうだ。わたしの耳をいつもの絶妙《ぜつみょう》な手かげんでかいてくれた。

「エリー、うまくいったんだってね」アルに言われて、わたしはしっぽをふった。

アルが庭に出ていくと、親族全員がしんとした。食べ物や缶《かん》の飲み物がいっぱいのったピクニックテーブルがいくつも出ていて、すわっている人も立っている人もいる。子どもたちは走ったりさけんだりしていたのに、全員がぴたりととまって、アルに顔を向けた。

マイアがアルのところに行くと、アルはそっとマイアのほほに口をつけた。ふたりとも緊張《きんちょう》していて、わたしはなにか手伝うことはないかと、ダッシュでふたりのもとに行った。〈シゴト〉？　それとも、タコスを食べる？　なんでもやるけど。

マイアはにっこり笑うと、アルの手をにぎってふりかえった。

「アル、紹介《しょうかい》するわ。弟のホセよ。こっちは妹のエリサ。あの小さい子はエリサのとこの末っ子で、この子は……」

マイアはしゃべりつづけた。みんなの緊張《きんちょう》はすっかりほぐれたので、わたしは庭をぶらぶら歩きまわって、子どもたちがこっそりくれるトルティーヤ・チップスやホットドッグを楽しんだ。アルとマイアとママはもちろん、みんなとても幸せそうだった。

ママの家の庭でのパーティーのあとは、ほとんど毎日、警察《けいさつ》の犬舎《けんしゃ》につれていかれるようになった。犬舎《けんしゃ》ではまたケイミーとジプシーがいっしょだ。マイアが呼《よ》びにくると、出動していろいろな人を追跡《ついせき》した。家から出ていってしまった子どもふたりを見つけた日もあったし（小川の岸辺で石を集めて真剣《しんけん》につみあげていた）、馬から落ちて足をけがした女の人を助けた日もあった（馬はネコと同じで、ちっとも役に立たないみたい。みんな馬なんかじゃなく犬をパートナーにすればいいのに）。

落馬した女の人を森の中で発見した日、マイアは家に帰ると、制服《せいふく》を着替《きが》えてネコたちの食事を出し、またわたしを呼《よ》んだ。そして、通りの向かいのアルの家に行った。

ドアをあけたアルはまた緊張《きんちょう》していて、口ごもりながら言った。「マイア、あの、あの……とっても、えっと、きれいだね」

マイアは笑った。「まあ、そんなことないわよ」そう言いながらも、そうかもしれないと思っているようだった。「ふだん制服姿《せいふくすがた》ばかり見てるからじゃないの」

「あの、よかったら入って」アルは後ろにさがって、わたしたちをリビングに招《まね》きいれた。ネコがいなかったから、わたしは満足だった。さっそくリビングのにおいをかぎまわっていると、アルはマイアに冷たい飲み物をとってきて、ふたりでソファにすわった。そのあとは、しゃべったり、ただだまってすわっていたりした。

キッチンからおかしなにおいがしたので、わたしは急いでチェックしに行った。キッチンのカウンターにはありとあらゆる食べ物がちらかっていた。パン、レタス、トマトのにおい。それに、つんとするタマネギのにおい。そして、オーブンの中からへんなにおいがしていた。においを鼻からふりはらおうとして、首輪が鳴るくらい激《はげ》しく首をふりながら、リビングにもどった。

「エリー、どうしちゃったの？　なにしてるの？」マイアが言った。

アルはとびあがった。「しまった！　チキンが！」

アルがキッチンにかけこんでオーブンをあけると、強烈《きょうれつ》なにおいが広がった。

アルとマイアは走りまわってあちこちの窓《まど》をあけた。マイアは笑いをこらえていたけれど、アルがふきだすと、いっしょに笑いだして、テーブルに腰《こし》かけないと息ができないくらい大笑いした。そのあとアルが、マイアが待つテーブルにおかしなにおいのチキンやほかの食べ物を運んできた。

「でも、アル、おいしいわよ」マイアは食べながら言った。「ほんとよ。おかわりしてもいい？」

アルはマイアを見つめて首をふった。それから、立ちあがって電話を手にとった。

「もしもし」マイアにも聞こえるように、わざと大きな声でしゃべっている。「L《エル》サイズのピザを一枚《まい》。ペパロニとエキストラチーズ入りで。三十分？　じゃあお願いします」

それから席につついて、マイアとふたりでまた笑った。アルはチキンを小さく切ってお皿に入れると、わたしの前の床《ゆか》に置いた。

においをかいでから食べてみた。パサパサしていて、まわりが黒くて、煙《けむり》みたいな味がする。

「ほら、アル。そんなにひどくないってことよ。エリーが喜んで食べてるもの！」マイアはくすくす笑っている。

「エリーは気をつかってくれてるんだよ。きみと同じさ」

ピザが届《とど》くと、アルはわたしにも一枚《まい》くれた。チキンよりずっとおいしかった。

14 地震《じしん》のつめあと

マイアとのコンビで〈シゴト〉をするようになって何年もたったある日、わたしたちは空港に行った。空港はいろいろなめずらしいにおいがして、そうぞうしい場所だ。ディーゼルエンジンの排《はい》ガス、アスファルト、床《ゆか》にまかれた消毒剤《しょうどくざい》、そしてたくさんの人間。わたしは小さなケージに入れられて、飛行機の暗くてうるさい部屋に長いあいだとじこめられた。到着すると、ようやくマイアがあらわれて、ケージから出して首輪にリードをつけてくれた。

建物を出てアスファルトの上を歩くと、足が焼けつくように熱かった。そばでヘリコプターが回転翼《かいてんよく》をまわして待機していた。ジェイコブがヘリコプターでつれさられた日のことを思いだして、わたしはマイアのそばにぴったりくっついた。

でも、マイアはつれさられたりはしなかった。マイアは自分がヘリコプターに乗りこむと、わたしにジャンプして乗るように指示した。ヘリコプター・ドッグの復活《ふっかつ》だ！　空を飛ぶのは、強烈《きょうれつ》な音で耳が痛《いた》くなるから、車に乗るのほど楽しくないけど、うれしい気分だった。ヘリコプターに乗るということは、マイアといっしょにいられるから。そして、どこかへ〈シゴト〉に行くから。

着陸した場所は、わたしが今まで行ったことのある場所とはぜんぜんちがった。たくさんの犬と警官《けいかん》がいそがしそうに行き来して、サイレンが鳴りひびいている。空気は煙《けむり》とほこりでにごっている。ここのにおいはぜんぜん好きになれない。

まわりの建物はようすがおかしかった。壁《かべ》がかたむいて、ドアがたおれたり、はずれかけたりしている。屋根は穴《あな》だらけだったり、建物からずり落ちて道をふさいでいたりする。

ヘリコプターをおりたあと、マイアはとほうに暮《く》れて、アスファルトの上にじっと立ったまま、あたりを見まわしていた。

「ああ、エリー」マイアはわたしにしか聞こえない小さな声でささやいた。

マイアの張《は》りつめた筋肉《きんにく》から不安が伝わってきて、わたしはマイアの足にぎゅっとくっついた。わたしも不安になってきた。奇妙《きみょう》なにおいと音。そわそわしながら口をあけて深《しん》呼吸《こきゅう》した。早く〈シゴト〉ができたらいいのに。いったん〈シゴト〉が始まれば、不安を感じずにすむから。

男の人が近づいてきた。服にも肌《はだ》にも泥《どろ》や油がこびりついていて、プラスチックのヘルメットをかぶっている。その人は片手《かたて》をマイアに、片手《かたて》をわたしにさしだした。灰《はい》と血と土のにおいがした。

「この区域《くいき》のアメリカ側のチーフです。よく来てくれました」

「こんなにひどいなんて、思っていませんでした」マイアの声はほんの少しふるえていた。

「まだこれは氷山の一角です。エルサルバドル政府《せいふ》は完全にお手上げ状態《じょうたい》です。けが人が四千人以上。死者は数百人。まだ大勢《おおぜい》の人たちが、がれきの下にとじこめられています。一月十三日の本震《ほんしん》のあとに余震《よしん》が十数回。大きなゆれもありました。活動に当たってはじゅうぶん注意してください」

マイアはわたしにリードをつけて道路に出た。

石やブロックの山を乗りこえたり、割《わ》れてくぎがつきだした板の山をよけたりして進んでいった。なにもかもほこりと灰《はい》におおわれていて、マイアの髪《かみ》と服も、わたしの体もすぐに汚《よご》れてしまった。鼻の先までほこりまみれになって、すごくいやな気分だった。

そのうちに、地面から屋根までたてに長くひびの入った家の前についた。

「中には入るなよ」そこにいた男の人が目にかかった汗《あせ》をぬぐいながら言った。「もうすぐ屋根が落ちてくるから」

「エリー、さがせ！」マイアはコマンドを出したけれど、リードは放さず、わたしがひらいたドアからその家に入っていこうとすると引きもどした。家の外まわりだけチェックしたけれど、ほこりと灰《はい》と、その下の土のにおいしかしなかった。空中には煙《けむり》のにおい。人間のにおいはしない。

悲しみににおいがあるとしたら、こんなにおいかもしれない。

ほかの家もチェックした。中まで入れる家もあったけれど、最初の二軒《けん》ではだれも発見できなかった。

三軒《けん》目で、最初の人間のにおいを発見した。

壁《かべ》が一か所くずれて、屋根は紙みたいにぐちゃぐちゃにつぶれていた。なにかのにおいを感じて、わたしはすぐにリードを引っぱった。マイアは板や屋根の破片《はへん》をどけながらついてきた。わたしはくずれた壁《かべ》のところにマイアをつれていった。

わたしが発見したにおいは、なんだか奇妙《きみょう》だった。女の人のにおいだ。髪《かみ》のにおいと使っていたシャンプーのにおいに、血と、なにかほかのにおいがまじっている。冷たくて動かない、なにか。

わたしは立ちどまって、がれきの山をじっと見た。

「そこなの、エリー？　だれかいるの？」

わたしは動かなかった。

「ここよ！」マイアはさけんだ。

男の人たちがシャベルやバールをもって集まり、くずれたブロックをどけはじめた。わたしは緊張《きんちょう》しながら見ていた。だれかを発見した。だけど、なにかがおかしい。ウォリーだって、こんな大きな重いものの下にかくれたことは一度もなかった。このあとなにが起きるのか、まったく想像《そうぞう》できない。このがれきがすべてなくなったら、自分が発見した人に会えて、この気持ちもすっきりするの？

マイアはわたしの横でひざをついた。「いい子ね、エリー」小声でそう言ったけれど、その〈イイコ〉はいつもとちがうような気がした。うれしそうでもないし、はしゃいでもいない。マイアは泣いていた。

「よし、みつかった」ひとりの男の人が言った。

「女性《じょせい》ですか？」マイアが涙《なみだ》をふいて、立ちあがりながらたずねた。「それで……」

「手遅《ておく》れだった。遺体《いたい》を運びだすのはこっちにまかせて、つぎのところに行ってください」

わたしはマイアを見あげて、シャベルで掘《ほ》りつづけている男の人たちを見て、それからまたマイアの顔に目をもどした。

「いい子ね、エリー」マイアは背筋《せすじ》をのばして、使い古した骨《ほね》のオモチャをポケットから出した。「よくやったわ。いい子ね！」

マイアは引っぱりっこをしてくれたけど、いつもとようすがちがった。わたしは早くつぎの〈シゴト〉にかかりたかった。つぎはきっと、もっとちゃんとやれる。

ところが、そうはいかなかった。そのあと、三人の人間を発見した。みんな同じ、冷たく、どんよりとしたにおいがした。三人とも動かなかった。わたしがその人たちを発見しても、だれも喜ばなかった。

こんなのおかしい。だれかをさがして発見するということは、その人を助けるということ。でも、ここの人たちは助からなかった。

今日四回目に骨《ほね》のオモチャを出されたとき、わたしは顔をそむけた。

「ああ、エリー」マイアの顔を涙《なみだ》が流れおちて、ほこりまみれのほほに筋《すじ》ができた。「あなたのせいじゃないの、エリー。あなたはイイコよ」

言葉なんて役に立たない。自分がだめな犬にしか思えなかった。わたしは〈シゴト〉に失敗した。人を助けられなかった。

わたしはマイアの足もとのじゃりのまじった土に寝《ね》そべった。ジェイコブに〈シゴト〉を教わってから初めて、〈シゴト〉をしたくないと思った。もうマイアといっしょに家に帰りたい。ステラがわたしのベッドに寝《ね》ていても、エメットがわたしの食事を横どりしてもかまわない。

そのとき、マイアがシャベルをもっている男の人に声をかけた。「ヴァーノン、お願いがあるの。どこかにかくれてくれない？」

「かくれる？」その人は目をぱちくりした。

「この子、生存者《せいぞんしゃ》を発見したいのよ。あなたがかくれてくれない？　たとえば、さっき捜《そう》索《さく》したあの家の中とか。それで、発見したら、喜んでるふりをしてほしいの」

「ああ、わかった」

わたしはぼんやりと、ヴァーノンが歩き去るのを見ていた。マイアはしゃがんでわたしをポンポンとたたき、ペットボトルの水を少し口に入れてくれた。わたしが水を飲みこむと、耳をかいてくれた。

「エリー、用意はいい？　さがせる？」

わたしはゆっくり立ちあがった。疲《つか》れている。マイアははりきっているふりをしているけれど、本心じゃないのはわかっていた。でも、〈シゴト〉中だから、マイアに従《したが》って歩きだした。マイアはすでにさがし終わった家にわたしをつれていった。

どうして一度さがした家にもどるんだろう？　入口のところで、わけがわからなくて立ちどまった。マイアはわたしのリードをはずして道路で待っている。なにかがちがう。ほこりだらけのカーペットに鼻をつけてにおいをかいでみた。

ヴァーノンだ。さっきも来たからそのときのにおいも残っているけど、それより新鮮《しんせん》なにおいがしている。ヴァーノンはまっすぐ床《ゆか》を歩いていったようだ。わたしはガラスのかけらや、本棚《ほんだな》から落ちた本や、オモチャの車や、こわれたラジオをまたぎながら、においをたどっていった。

部屋のすみに毛布《もうふ》がつみあげてあった。ヴァーノンのにおいが毛布《もうふ》のところで強くなった。汗《あせ》と熱とヤギのにおい。ヴァーノンは、ここに来てからわたしが発見した人たちとはちがうにおいがした。なんていうのか……生きているにおい。

わたしは後ろを向いて、マイアのところにかけもどった。

「教えろ！」マイアがさけんだ。

毛布《もうふ》のところにもどると、マイアが毛布《もうふ》をめくり、ヴァーノンが体を起こした。汚《よご》れた悲しそうな顔に笑《え》みを浮《う》かべていた。

「みつけたな。いい子だ、エリー！」

わたしはうれしくて体をくねらせた。後ろ足が興奮《こうふん》しておどっている。わたしは〈イイコ〉なんだ！　発見されて喜んでくれる人がいた！

ヴァーノンはわたしのダンスを見て笑い、毛布《もうふ》の中にわたしを引きずりこんだ。そのほほをなめると、汗《あせ》とほこりの味がした。マイアが投げたオモチャの骨《ほね》で、しばらくヴァーノンと引っぱりっこをした。

それから、また〈シゴト〉にもどった。

マイアとわたしは夜どおし〈シゴト〉をした。何人もの人を発見した。ヴァーノンのことも何度も発見した。ヴァーノンはどんどんかくれるのがうまくなった。でも、ウォリーと訓練してきたわたしから長くかくれられる人なんていない。ヴァーノンのことは毎回ちゃんと発見した。

太陽がのぼってくるころ、わたしたちはまた新たな建物の前についた。つんとするにおいの煙《けむり》がすみのほうからもくもくと立ちのぼっていた。あたり一帯にいやなにおいがする。ドラム缶《かん》がいくつか、コンクリートの下じきになってつぶれて液体《えきたい》がもれていた。今までかいだことのないような強烈《きょうれつ》なにおいで、目にしみて涙《なみだ》が出てきた。

マイアはわたしのリードをつないだままで、端《はし》をしっかり手にもっていた。

「エリー、気をつけるのよ」マイアは小声で言った。

れんがの壁《かべ》がくずれている。わたしはドラム缶《かん》からの強烈《きょうれつ》なにおいをふりはらうようにして、人のにおいをさがそうとした。しばらくして、においを感じとった。薬品のにおいにおおわれて、かすかだったけど、たしかに感じた。人間のにおい。男の人。死んでいる。

わたしは立ちどまって、れんがの山を見た。

「ここにだれかがいるわ！」マイアがさけんだ。その声はもう疲《つか》れはてていた。

「それはわかってるんですけど」シャベルをもった男の人が言った。「救出できないんです。あのドラム缶《かん》の液体《えきたい》に毒性《どくせい》があるらしくて。専門《せんもん》の人が来てかたづけてからじゃないと近づけません」

「わかりました。エリー、いい子ね。ほかのところに行くわよ」

わたしは立ちあがったけれど、その場から動かなかった。薬品のにおいの下に、べつの新たなにおいを感じとったから。あそこだ！　れんがの山の向こうにある壁《かべ》のひび割《わ》れから、においがもれてきている。人間のにおい。女の人だ。

体がこわばった。マイアを見あげて、〈オシエロ〉のコマンドを待った。

「もういいの、エリー。ここはもういいの。つぎに行くわよ」

マイアはリードをそっと引いた。「エリー、行くわよ」

わたしは壁《かべ》のひびに目をもどして、それからまたマイアを見あげた。だめ、まだここを離《はな》れるわけにはいかない！　わたしがみつけた新たな人間は、ヴァーノンと同じ、生きている人のにおいがする。

15 がれきの下

「エリー、あそこにいる人はもう手遅《ておく》れなの。どうしようもないのよ。つぎに行かなくちゃ」

マイアはわたしをここから離《はな》したがっている。どうして？　まだ〈シゴト〉は終わっていないのに。においの人をまだ発見していないのに。

もしかしたら……。

マイアは混乱《こんらん》しているの？　わたしがまだ、れんがの下じきになっている人のことを伝えようとしていると思っているの？　そうじゃない。わたしはマイアを見あげて、教えようとした。目で、耳で、緊張感《きんちょうかん》で、体の力の入れ具合で、下じきになった男の人とはべつの女の人のにおいがすると。

マイアに理解《りかい》してもらわなくちゃ。マイアなしでは発見できない。発見とは、マイアをその人のところにつれていくこと。マイアがついてきてくれなかったら、わたしにはなにもできない。

ヴァーノンが言った。「また、ぼくを追跡《ついせき》させたら、喜ぶかな？」

マイアは首を横にふった。「ううん。かわいそうに、エリーは混乱《こんらん》しているのよ。このへんでかくれるのは危険《きけん》だからやめて。そうね、ちょっと追いかけっこをしてあげたら喜ぶかも。通りの先まで行って、呼《よ》んでみてくれない？　そしたらリードを放すから」

ヴァーノンが小走りに去っていったけど、わたしは見向きもしなかった。わたしはまだ〈シゴト〉の途中《とちゅう》。くずれた壁《かべ》のひび割《わ》れからかすかにただよってくる女の人のにおいに集中している。

そこにいる人は生きている。そして、おびえている。鼻が痛《いた》くなる薬品のにおいの下から、その人の恐怖心《きょうふしん》のにおいがはっきり感じられる。

マイアがリードをはずした。

「エリー、ヴァーノンは？　どこ？」

「おーい、エリー、こっちにおいで！」ヴァーノンがさけんでいる。肩《かた》ごしにこっちを見ながら、ゆっくり走って遠ざかっていく。

わたしはヴァーノンの後ろ姿《すがた》を見た。追いかけたら気持ちいいだろう。マイアもそれを望んでいるし、ヴァーノンを追跡《ついせき》するのは楽しい。発見したらヴァーノンは喜ぶし、遊んでくれる。今夜楽しかったのは、ヴァーノンを追跡《ついせき》したことだけ。

でも、わたしには〈シゴト〉がある。くずれた建物のほうを向いた。

「エリー！　ノー！」マイアがさけんだ。

この〈ノー〉がジェイコブの言葉だったら、わたしはとまっただろう。でも、マイアのコマンドにはその力強さはなかった。マイアは怒《おこ》っているというより、おびえていた。声に不安があらわれていた。

わたしは死体のうまったれんがの山を乗りこえて、必死で進んだ。なにかの液体《えきたい》で足がつるつるすべって、肉球が痛《いた》みだした。薬品の刺激臭《しげきしゅう》がまとわりついて、女の人のにおいがわからなくなってきた。わたしはにおいをみつけようと前進した。

あった！　壁《かべ》のひび割《わ》れが見える。わたしはそのすきまに入っていった。トンネルくぐりなら前にやったことがある。ジェイコブと、それにマイアとだって。だから、やり方はわかっている。

地面に広がったぬるぬるする液体《えきたい》が、体にくっついてきた。走ると、はねがあがって鼻につく。ひりひりしみる。肉球より鼻の痛《いた》みがひどい。わたしはこのおそろしい暗闇《くらやみ》をいっこくも早くぬけだそうと、スピードをあげた。

そのとき、足の下からいきなり地面が消えた。わたしは床《ゆか》の割《わ》れ目《め》から地下に落ちていた。コンクリートの床《ゆか》に強く打ちつけられて、よろけながら首を激《はげ》しくふった。鼻が焼けるように痛《いた》い！

そこはせまい空間で、すみでうずくまっている女の人が見えたけれど、鼻が痛《いた》くて、そのにおいさえ感じとれなかった。女の人は自分のスカートをちぎった布《ぬの》を顔に当てていて、わたしを見ると、びっくりして黒い目を丸くした。

これでは、発見してもマイアのところにもどって教えることはできない。わたしはかわりにほえた。

「エリー！」マイアの声がまわりのコンクリートにこだました。マイアはせきこんでいる。

「やめろ、マイア！」ヴァーノンの声だ。

わたしはほえつづけた。

「エリー！」マイアがさけびつづけ、その声がだんだん近づいてきた。

女の人はマイアの声をきくと、顔の布《ぬの》をはずして、恐怖《きょうふ》と痛《いた》みのこもった声でさけびだした。

「助けて！　ここにいるの！　お願い！　助けて！」

「この中に人がいる！　生きてる！」マイアがさけんだ。

やっとマイアにわかってもらえた。わたしはほっとして、ほえるのをやめ、発見した女の人の横にすわった。何度も首をふって、足で鼻をかいた。目から涙《なみだ》が出てくる。鼻になにかがついていて、どんどん痛《いた》みがひどくなっていった。

女の人はそれを見て、自分の顔に当てていた布《ぬの》でわたしの鼻をふこうとした。わたしはとびのいて、うなった。痛《いた》くてがまんできない。さわられると焼けつくような激痛《げきつう》が走る。

うなり声を出してしまったのはまずかった。そんなことはしちゃいけないのに。だから、おわびのかわりに、女の人のそばにそっともどって、手をなめてあげた。その人はわかってくれたようで、もうわたしの鼻にはさわろうとしなかった。そのかわりに小声でひとりごとを言いはじめた。その言葉はおだやかで、でもせっぱつまっていた。

マイアがこんなふうにしゃべるのを聞いたことがある。マイアはそれを祈《いの》りと呼《よ》んでいた。

ふたりでくっついてすわっていると、ヘルメットをかぶってマスクをつけた男の人が、割《わ》れ目《め》から懐中《かいちゅう》電灯をさしいれて、弧《こ》をえがきながら中の空間を照らした。ライトがわたしたちに当たった。女の人が息をのんで必死に手をふる。

まもなく、上からコンクリートをたたいたり、はがしたりする音がひびいてきて、天《てん》井《じょう》に四角い穴《あな》があき、さっと日光がさしこんだ。ほぼ同時に影《かげ》が穴《あな》をふさいだ。消防士《しょうぼうし》がロープにぶらさがっておりてきたからだ。

女の人はロープでつりあげられる訓練を受けたことがないらしく、救出されるとき、ものすごくこわがっていた。体にストラップを固定されて穴《あな》から引きあげられるあいだ、ずっと祈《いの》りをとなえていたほどだ。でも、わたしはハーネスでつるされても平気だとジェイコブから教わっているから、自分の番になると落ちついて進みでた。

何度かゆれながらロープが引きあげられた。天井《てんじょう》にあいた穴《あな》をくぐって上に出ると、マイアが待っていた。背中《せなか》のバックルがはずれると、わたしはすぐにマイアの腕《うで》にとびこんだ。

けれど、マイアの安堵《あんど》はすぐに動揺《どうよう》に変わった。

「エリー、大変！　鼻が！」

マイアはわたしにリードをつけて消防車《しょうぼうしゃ》に向かってつっ走ると、緊迫《きんぱく》した声で消防士《しょうぼうし》に話しかけた。消防士《しょうぼうし》はわたしのところにきて、なんと、こんな大変なときだというのにシャワーをあびせてきた。

シャワー？　〈シゴト〉中なのに！　いやだったけれど、マイアに指示《しじ》されたので、じっとすわっているしかない。シャンプーというより、すすぐだけみたいだった。消防士《しょうぼうし》がホースをもって、わたしの顔や体に冷たい水を勢《いきお》いよくかける。最初は鼻にしみてとびのいたけれど、すぐに痛《いた》みがやわらいでいった。

わたしの〈シゴト〉はそれで終了《しゅうりょう》だった。マイアとまたヘリコプターに乗って、つぎは飛行機に乗った。空港に帰りつくと、マイアは真っ先に冷たい白い建物に車を走らせた。

わたしたちを迎《むか》えた男の人は白い服を着ていて、ほかの犬のにおいと、せっけんと消《しょう》毒剤《どくざい》のきついにおいがした。この建物には前にも来たことがある。男の人の声も手つきもやさしいけれど、何度か注射《ちゅうしゃ》を打たれたことがあるから、この人はあんまり好きじゃない。

その人はわたしの顔を両手でおさえて、じろじろ見た。そのあと、瓶《びん》からチューブを一本とって、クリームみたいなものをわたしの鼻にやさしくぬった。クリームはくさかったけど、ひんやりして気持ちがよかったので、抵抗《ていこう》せずにじっとしていた。

「なにがついたんですか？　なにか酸性《さんせい》の液体《えきたい》かな？」その男の人はマイアにたずねた。

「わからないんです。ちゃんと治りますか？」マイアはわたしの首に手を当てて、そっとなでてくれている。その手の感触《かんしょく》と声から、愛情《あいじょう》と心配が伝わってきて、もう痛《いた》みは引いてきたと伝えられないのがもどかしかった。最初の激痛《げきつう》はおさまったし、クリームをぬってもらって、ひりひりしていたのも治ってきた。

「感染症《かんせんしょう》に注意が必要ですが、この調子なら完治すると思いますよ」白い服の男の人はマイアに言った。

「もとどおり仕事ができるようになるでしょうか？」マイアはまだ心配そうだ。

男の人は首をふった。「先のことはわかりません。もう少しようすを見ないと」


それから二週間、わたしたちは〈シゴト〉を休んだ。マイアは毎日あのクリームを鼻にやさしくぬってくれた。エメットとステラはその姿《すがた》がおもしろいらしく、カウンターにすわって見物していた。ネコたちにじろじろ見られるのは恥《は》ずかしかったけど、マイアに言われたとおりじっとしていた。

ところが、ティンカーベルは、なんと、このクリームが大好き。信じられない。ネコというのは本当にへんな生き物だ。マイアがクリームをぬり終わると、あの灰色《はいいろ》と白のまじったネコがどこからか出てきて、いつまでもわたしの鼻のにおいをくんくんかぐ。さらには、すりよってきてごろごろのどを鳴らしたりもする。

これはカウンターの上から見物されるより、さらにたちが悪い。ため息をついて横になると、ティンカーベルはすわりこんで小さな鼻をひくひくさせながら、わたしにつきまとう。しまいには、わたしにくっついて寝《ね》るようになってしまった。

もうがまんの限界《げんかい》だ。マイアと〈シゴト〉に行くのが待ちどおしくてしかたがない。

ついに、〈シゴト〉にもどれる日がやってきた。公園につくと、わたしはウォリーとベリンダにとびついた。ふたりとも大喜びしていた。口を広げた笑顔《えがお》や、声の調子からわかる。

「エリーはヒーローだな。やったな。いい子だ！」

ウォリーにほめられて、わたしはしっぽを激《はげ》しくふった。ほめられるのは好き。なでてもらうのも好き。だけど、なによりうれしいのは、また〈シゴト〉ができること！

ウォリーは、ベリンダとマイアをピクニックテーブルに残して、ひとりで走り去った。

「ねえ、ウォリーとつきあってるんでしょ。うまくいってるの？」マイアがベリンダにたずねた。

わたしはすわっているのがじれったくなってきた。走りだしたくて足がうずうずしている。今すぐウォリーを追跡《ついせき》すれば、すぐに発見できるだろう。

「独立《どくりつ》記念日の週末にご両親に紹介《しょうかい》してくれることになっててね……」

「やったわね」

もう待ちきれない。人間って、どうしてこんなことができるんだろう。いつまでもじっとすわって、ただ言葉をならべているなんて。〈サガセ〉とか、〈コイ〉とか〈イイコ〉とかには興味《きょうみ》を示《しめ》さないくせに。

「エリー、ふせ」マイアが言った。いやな言葉。わたしはため息をつきながら地面にふせて、ウォリーが行った方角をじっと見た。

マイアとベリンダはまだおもしろくもない言葉を言いあっている。とうとうがまんできなくなってきたころ、マイアがやっと笑顔《えがお》でこっちを見た。

「エリーったら待ちきれないのね？　いいわ。さがせ！」

わたしはとびだした。走れるって最高だ。今はマイアも遅《おく》れずについてくる。こんなに幸せな瞬間《しゅんかん》はほかにない。

ところが、なんだかへんだった。ウォリーはかくれるのがものすごくうまくなったのか、においがちっともみつからない。草のにおいをかいで、それから鼻を上に向けてウォリーのにおいをさがした。今日はほかにまぎらわしいにおいもあまりないのに、おなじみのウォリーのにおいがみつからない。

行ったり来たりしながら、草や空気のにおいをかいだ。かすかな風を感じるたびに顔を向けてみた。でも、なにもにおわない。

まだ〈シゴト〉が終わっていないのを確《たし》かめたくて、マイアのところにかけもどった。

「エリー、さがせ」マイアがもう一度言った。

マイアの声に不安が少しにじんでいるけれど、心配ご無用。わたしは〈シゴト〉が得意なんだから。わたしは〈シゴト〉が大好き。今日はウォリーがいつもよりうまくかくれてるだけ。でも、いつまでもわたしをだますことなんてできないんだから。

しばらくさがしていると、マイアに呼《よ》びもどされた。公園の別の場所にうつって、もう一度トライした。草の上、におわない。茂《しげ》み、におわない。風、におわない。ウォリーのにおいはどこにもない。

「どうしたんだ、エリー？　だいじょうぶか？」

後ろから声がしてふりむくと、ウォリーだった。ぎょっとした。どうして？　どうしてウォリーはこっそり近づいてこられたの？　しかも風上から。においがする前に声が聞こえたなんて、どういうこと？　ウォリーのそばに走っていくと、やっとウォリーのにおいが感じられた。わたしはマイアのところにかけもどった。でも、もう居場所《いばしょ》を教える必要もない。

「調子が悪い日もあるわよね！」マイアは近づいてくるウォリーに言った。

「そうだね。エリーらしくないけどさ。なあ、エリー、今日はどうしたんだろうな？」

ウォリーが棒《ぼう》を出して、ふたりでしばらく草の上で引っぱりっこをした。

「マイア、じゃあ、ちょっとエリーの気を引いておいて。つぎは、あっちのほうに行ってみるよ。十分待ってて」

「ほんとに？」

「二週間も休んでたんだから、かんたんなとこから始めたほうがいいだろ」

ウォリーが離《はな》れていくところは見ていなかったけれど、音は聞こえた。マイアがオモチャの骨《ほね》を出してきて、いったんくれたのに、とりかえそうとしている（人間がよくやる手口）。ウォリーの足音を聞きながら、またかくれるんだと思った。わたしはうれしくなって、首を激《はげ》しくふりながら、マイアの手から骨《ほね》をとろうとした。また〈シゴト〉ができる！

「エリー、いい？」マイアはわたしがくわえていた骨《ほね》をとった。「さがせ！」

わたしははりきって、ウォリーの足音がした方向に向かっていった。小さな山をかけあがったところで、どっちに行けばいいかわからなくなって立ちどまった。

ウォリーはなにをしたんだろう？　どうやってにおいを消したんだろう？　そよ風はちっともにおいを運んでこない。

わたしは方角を教えてもらおうとしてマイアのところにもどった。マイアは右に行くよう指示《しじ》した。わたしはにおいをさがしてうろうろ歩きまわった。

ウォリーの気配はない。

マイアは今度は左を示《しめ》した。やっぱりウォリーのにおいはみつからない。またマイアのところにもどって、マイアの顔を見あげた。興奮《こうふん》と不安が入りまじっている。なにかヒントがあるの？　わたしが気づいていないだけ？　マイア、なにか教えて。ウォリーをさがさなくちゃ。

マイアはまた左に行くよう指示《しじ》して、今度は自分もついてきた。さっきひとりで来た小山のふもとを、マイアといっしょに歩く。草や茂《しげ》みの中をさがし、鼻を風に向けた。でも、ウォリーはたくみに気配を消している。どこにいるのか、さっぱりわからない。

そのとき、なにかが動いた。

草が波打ったのが目にとまった。びくっとしてよく見ると、ウォリーが体を起こした。やった、発見した！　でも、マイアのところに走って報告《ほうこく》にいく必要はない。もうここに立っているんだから。

「おかしいわよね？　獣医《じゅうい》さんはそろそろ治っているはずだって言っていたのに」マイアがウォリーに言った。

「ああ……あと一週間待ってからためしてみよう」

ウォリーがなぜか悲しそうだったので、その手に鼻を押《お》しつけた。いつもなら発見されるとすごく喜ぶのに。どうして今日はちがうんだろう。

マイアとわたしはそれから何度か〈シゴト〉をしたけれど、なぜか毎回ウォリーはわたしを出しぬいた。すぐそばに行くまでにおいがばれないように、ウォリーはいつもうまくごまかした。

やがて、マイアはいっさいわたしを公園につれていかなくなった。

16 汗《あせ》だくのプロポーズ

「エリーの救助犬の資格《しかく》がとり消されたって？　じゃあ、きみは失業するのか？」

ある晩《ばん》、アルがたずねた。アルが靴《くつ》をぬいでわたしのおなかを足でなでるのはちょっと迷惑《めいわく》だったけど、前よりにおいがましなので、されるままにじっとしていた。

「ううん、配置換《はいちが》えになるの。ここ何週間かはデスクワークをしてたんだけど、わたしには合わないから、パトロールの仕事にもどれるように申請《しんせい》するつもりよ」

アルはマイアの目をぬすんで、小さな肉のかけらをわたしの前のカーペットの上に落とした。食事中にアルの前にふせるのが好きな理由のひとつがこれ。足のにおいをがまんしなくちゃならないけど。わたしがアルの贈《おく》り物《もの》をそっと口に入れるのを、ネコのステラがソファからじろじろ見ていた。

「パトロールは危険《きけん》な仕事だ。心配だな」

「アルったら」マイアはため息をついた。

「エリーはどうなるんだ？」

名前を呼《よ》ばれたので、顔をあげた。もっとおやつをくれるの？　ちがった。アルの手にはなにもない。

「わからないわ。もう仕事はできないの。嗅覚《きゅうかく》にひどいダメージを受けたから。引退《いんたい》して、うちで暮《く》らすことになるかな。ね、エリー？」

わたしはしっぽをふった。マイアがわたしの名前を呼《よ》ぶひびきが好き。お皿からお肉を落としてくれたりはしないけど、短いひびきの中にたっぷり愛情《あいじょう》がこもっている。

「これから砂浜《すなはま》に行かないか。皿洗《さらあら》いはあとでいい。日がしずむ前に行こう」

「エリーもつれていきましょう」

「もちろんだ」

アルは毛布《もうふ》をもっていって砂浜《すなはま》にしいた。日がしずみかけて、風が冷たくなってきた。アルがマイアの肩《かた》をだいた。ふたりは波を見ながらしゃべっている。

「きれいね」

ふたりとも棒《ぼう》やボールで遊んだらいいのにと思ったけれど、マイアがわたしのリードをもったままなので、勝手に棒《ぼう》をさがしに走りだすわけにはいかなかった。せっかくなのに、なにもしないなんて残念だ。

アルが緊張《きんちょう》しだして、わたしはそれが気になった。心臓《しんぞう》がドキドキ鳴っているのが聞こえるし、手のひらやひたいから汗《あせ》がふきだすにおいが感じられる。緊張《きんちょう》で全身の筋肉《きんにく》がかたくなっているのもわかった。

わたしは不安になって、あたりを見わたした。なにが起きるんだろう？　なにかあったらマイアを助けようと、少しマイアに近づいた。

「マイア、きみがこの地区に引っこしてきたとき……」アルはおずおずと言った。「何か月も、きみに話しかけたいと思ってたんだ。きみはすごく美人で」

マイアは笑った。「やだ、アルったら。わたし、美人なんかじゃないわ。やめてよ」

少年たちが薄《うす》いプラスチックの円盤《えんばん》を投げながら、波打ちぎわを走っていく。アルがおそれているのはあれかもしれないと、わたしは身がまえた。でも、危険《きけん》そうには見えなかった。追いかけて遊んだら楽しそうだ。

「きみは世界でいちばんきれいだよ。マイア、愛している」

マイアも緊張《きんちょう》しはじめた。わたしはなだめてあげようと、マイアの手を鼻でつついた。いつもなら、これをやるとなでてくれるのに、今日はなにもしてくれない。

「アル、わたしもよ」

「ぼくは金持ちでも、ハンサムでもないけど……」

「そんなこと……」マイアは深く息をすった。マイアの心臓《しんぞう》も速くなっている。

「だけど、きみを一生愛しつづけるよ。あの……」アルはひざをついた。「マイア、ぼくと結婚《けっこん》してください」


それからまもなく、マイアとアルとママと、ママの家でいつも会う人たち全員が、白い大きな建物に集まった。みんな静かにすわって、わたしがマイアに教わった新たな技《わざ》を披《ひ》露《ろう》するのを見守った。

まずは、木のベンチの列のあいだの細い通路をものすごくゆっくり歩いて、カーペットがしかれた階段《かいだん》をあがっていく。そして、わたしの背中《せなか》にくくりつけてある小さな箱からアルがなにかをとりだすまで、じっと立っている。

それを見て、マイアは「エリー、いい子ね！」とささやいた。マイアはふわふわのドレスを着ているから、このあと〈シゴト〉に行ったり、公園にランニングに行ったりするわけじゃなさそうだ。それでもいい。だって、みんな、とても幸せそうだから。ママはあまりのうれしさで涙《なみだ》をこらえていた。わたしは新しい技《わざ》をかなり上手にこなしたらしい。それから、マイアとアルは黒い服の男の人の前に立って長々と話を聞いていた。

そのあと、みんなでママの家に行った。子どもたちは走りまわって、わたしにケーキをくれた。

それからしばらくして、マイアとアルは奇妙《きみょう》なことを始めた。マイアが自分の家の中のものをすべて大きな箱につめた。それから、アルも同じことをした。それにしても、どうして人間はあんなにたくさんの物が必要なんだろう。わたしなら犬用ベッドとフードの器《うつわ》だけあれば満足して暮《く》らしていけるのに。もしかしたら、もうたくさんの物はいらないと気づいたから箱につめたの？

でも、そうじゃなかった。

すべての箱が大きなトラックでどこかに運ばれていったつぎの日、マイアが言った。

「おいで、エリー。ドライブよ！」

最近はもう〈シゴト〉に行くことはなくなったけれど、ドライブは大好きだ。ところが、マイアはおかしな行動をとった。家の中から大きな箱をふたつ運んできて、それから家の中にもどってもうひとつもってきた。それを後ろの荷台にのせたとき、箱の中から怒《おこ》ったような、おびえたようなネコの声が聞こえてきた。箱の中身は、ステラとエメットとティンカーベルだ！

ネコは車に乗っちゃいけないのに！　ドライブは犬だけの特権《とっけん》なのに！　マイアにまちがっていると伝えようとして、わたしはほえた。

「静かにして、エリー。ニャンコたちも落ちついてよ！」マイアは車に乗りこんでドアをしめた。「あっという間だからだいじょうぶ。すぐ向こうにつくから」

〈向こう〉というのは、新しい家のことだった。

なかなかいい家だった。前の家よりりっぱな庭がついている。マイアとアルがいっしょに寝《ね》られる大きなベッドもある。マイアはわたしには同じベッドで寝《ね》させてくれなかったのに、アルならいいなんてずるい。

それで最初の晩《ばん》、わたしは作戦を立てた。マイアとアルがベッドで静かになってから、わたしはこっそり近づいていって、かけぶとんの下に鼻をつっこんだ。ふたりとも気づかない。順調、順調！

前足がかけぶとんの中に入るまで少しずつ進んでいった。あとは後ろ足だけ。ジャンプしてベッドにとびのった。

「えっ……エリー！」アルがさけんだ。

「もう、エリーったら！」マイアはうめき声と同時に笑いだした。「アル、ごめんなさい。こんなの初めてよ」

「いいよ、いいよ。エリーもここで寝《ね》ればいい」アルはわたしの耳に手をのばして、かいてくれた。「けど、エリー、かけぶとんの上に寝《ね》るんだぞ。毛布《もうふ》の下はだめだ」

とうとうオッケーが出た！　わたしがマイアの足もとに丸くなると、マイアは足をあためようとわたしの体の下につっこんできた。

でも、何日か大きなベッドで寝《ね》てみると、思っていたほど楽しくないのに気づいた。意外ときゅうくつだし、床《ゆか》で寝《ね》ているネコたちを見くだしてやれると思ったのに、ネコたちは知らん顔している。

わたしはベッドからとびおりて、これからはマイアのほうの床《ゆか》にしいてあるふわふわのラグの上で寝《ね》ることにした。ここにいれば、マイアが夜中に起きて水を飲みにいったり、リビングで本を読んだりするときに、すぐについていけるから。

マイアは今もしょっちゅうドライブにつれていってくれる。砂浜《すなはま》に走りにいくときは、ときどきアルもいっしょだけど、アルはわたしたちの走りにはついてこられない。マイアとふたりで公園に長い散歩に行くこともある。でも、だんだんわかってきた。もうわたしたちは〈シゴト〉には行かないんだ。

わたしがどんどん発見したから、もう発見されるのを待っている人がいなくなったのかもしれない。それか、ウォリーとベリンダがもう遊びにあきたからかもしれない。でも、わたしは本当は納得《なっとく》がいかなかった。〈シゴト〉をしないのはさびしい。マイアといっしょに重要なことをやっている気分が大好きだったのに。ジェイコブとわたしがそうだったように、マイアとわたしはいいコンビだったのに。

でも、マイアがもう〈シゴト〉をしたくないなら、わたしたちは〈シゴト〉をすることはないんだろう。

そんなことを思っていたので、ある日、マイアが制服《せいふく》を着て、こう言ったときにはびっくりした。

「エリー、〈シゴト〉よ。準備《じゅんび》はいい？」

わたしの耳がぴんと立った。〈シゴト〉？　ほんとに？　わたしはマイアをおしたおすような勢《いきお》いで、車に走っていった。

ひとつ、不思議なことがあった。マイアには緊張感《きんちょうかん》がなくて、とてもリラックスしている。真剣《しんけん》な顔じゃなく笑顔《えがお》だ。〈シゴト〉に行くときにこんなことは前にはなかった。どうして？

マイアは大きな建物の前で車をとめて、わたしを正面玄関《げんかん》につれていった。

「エリー、ここは学校よ。きっと気に入ると思うわ。子どもがたくさんいるの。ママの家みたいにね」

大きなドアをあけて中に入っていった。

建物の中にはママの家よりずっとたくさんの子どもがいた。マイアにつれられて、大きなさわがしい部屋に入った。前にステージがあって、ずらりとならんだ椅子《いす》に子どもがたくさんすわっている。わたしに気づくと、みんな大声で笑ったり、しゃべったりしはじめた。

「犬だ！　見て！　ほら！」

「なでてもいい？」

「すごいかわいいっ！」

マイアとふたりで階段《かいだん》をのぼってステージにあがった。マイアに「すわれ」と指示《しじ》されて、わたしはさっとすわった。子どもたちにもだれかがすわるようにと指示《しじ》したようだけど、みんなすわるのが苦手みたいで、もぞもぞ動いたり、とびはねたり、前を見ようと椅《い》子《す》の上にひざで立ったりしている。

女の人が立ちあがって、子どもたちに話をした。わたしにはほとんどわからなかったので、あまり真剣《しんけん》に聞いていなかったけれど、女の人が「今日は救助犬のエリーをみんなで歓迎《かんげい》しましょう」と言うと、子どもたちはいっせいに拍手《はくしゅ》をした。急にすごい音がしたのでびっくりすると、子どもたちは笑いだした。

わたしはしっぽをふった。子どもたちの表情《ひょうじょう》や声の調子から、楽しんでいるのが伝わってくる。ここではわたしの〈シゴト〉はないけれど、うれしくなった。

マイアはわたしをつれて前に出ると、大きな声で言った。

「この子の名前はエリーです」

コマンドが出るかと思って、わたしはぴんと耳を立てた。

「エリーは現役《げんえき》を引退《いんたい》した救助犬です。今日は地域《ちいき》活動として、この学校に来ました。エリーが今までどうやって迷子《まいご》になった子どもをみつけたか、もしみなさんが迷子《まいご》になったらどうすればいいか、お話ししたいと思います」

コマンドはない。わたしは力をぬいて、あくびをした。

マイアはそれから三十分ほどしゃべって、それがすむと、わたしをつれてステージをおりた。子どもたちは何人かずつかたまって、わたしをなでにきた。がっしりだきついてくる子もいたし、こわがって後ろにさがっている子もいた。ある女の子がおずおずと手をさしだしたので、なめてみた。クラッカーの塩気とチョコレートの味がした。女の子はキャッととびのいて、くすくす笑った。

それから、マイアとわたしはしょっちゅう〈ガッコウ〉をした。もっと小さな子たちのところにも行ったし、大きな子たちのところにも行った。小さい子はわたしにだきついてくる。大きな子は耳の後ろをかいてくれる。どちらも好きだった。

ほかの建物に行くこともあった。そこには子どもはいなくて、わたしが最初の〈シゴト〉で発見したマリリンのような、年老いた人たちがいた。ほかにも、つんとする薬品のにおいがする建物に行くこともあった。わたしは前ほど嗅覚《きゅうかく》がするどくないけれど、そういう場所に行くと、鼻にひりひりする液体《えきたい》がかかったときのことを思いだす。そのにおいはきらいだったけれど、そこにいる人たちは好きだった。ベッドに横になったり、車のついた変わった椅子《いす》にすわったりしていて、悲しみや痛《いた》みや病気のにおいがただよっている。でも、マイアの話をきいて、わたしをなでているうちに、その悲しみの一部が消えていく。正確《せいかく》に言えば、わたしはその人たちをさがしたり助けたりするわけじゃない。迷子《まいご》じゃないから（なんとなく迷子《まいご》みたいに見えるけれど）。でも、ある意味、これは新しい〈シゴト〉だ。わたしにはよくわからないけれど、マイアとわたしが訪《たず》ねていくと、みんな前より少し幸せになれる。これはいいことだと思う。これはわたしの〈シゴト〉なのかもしれない。人を幸せにすることが。

17 行方《ゆくえ》不明の少年

わたしたちは新しい〈シゴト〉をつづけた。〈シゴト〉がない日の朝は、マイアは大いそがしで出かけていく。アルは笑顔《えがお》でそれを見ていて、そのあとアルも出かけていく。わたしは頭の悪いネコたちと留守番《るすばん》だ。

もう鼻にクリームをぬっていないのに、ティンカーベルはいつもわたしにつきまとう。マイアがベッドのわきにしいてくれるやわらかい毛布《もうふ》で昼寝《ひるね》をしていると、ティンカーベルがくっついてきて丸くなる。こんなところをだれかに見られたら、恥《は》ずかしくてたまらない。でも、家にはエメットとステラしかいないから、かまわない。ティンカーベルがのどを鳴らすと、わたしのわき腹《ばら》に振動《しんどう》が伝わってくる。なんだか温かい気持ちになって、むかしお母さんやきょうだいたちとぴったり寄《よ》りそっていたころのことを思いだしたりする。

ある日、マイアに〈シゴト〉だと呼《よ》ばれて、車にとびのった。

「エリー、あの雲を見て」マイアは運転しながら言った。

マイアの声が心地《ここち》よくて、しっぽをふって車の窓《まど》のすきまから鼻をつきだした。空気は湿《しめ》っていて甘《あま》かった。こんな朝は大好き。においがいつもより強く感じられて、むかし、〈サガセ〉をしていたころを思いだす。アスファルトのにおい、排《はい》ガスのにおい、通りすぎた店からただよってくるフライドポテトの塩のにおい。ほかの犬や人間のにおい。

マイアがある学校の前に車をとめたとき、ちょうど雨がふりはじめて、わたしたちは急いで中に入った。

今日はいつものような、子どもたちが列になってすわって、マイアの声がひびきわたる大きな部屋ではなかった。わたしたちが入っていったのは、教室というもっと小さな部屋だ。子どもたちはブランケットをしいてすわっていた。くつろいだ雰囲気《ふんいき》で、ここでいっしょに昼寝《ひるね》するのも悪くないなと思った。

だれかがブランケットに誘《さそ》ってくれないかようすを見ながら、カーペットの上でゆったり体をのばした。

マイアがしゃべりはじめたとき、急にまぶしい光が走って、すべての窓《まど》がいっせいに明るくなった。雷《かみなり》の激《はげ》しい音がひびく。何人かの子どもがこわがって、あやつり人形みたいにとびはねて声をあげた。雨がどっとふってきた。わたしは鼻をあげて深く息をすった。だれかが窓《まど》をあけて、外のにおいを入れてくれるといいのに。

「みなさん、落ちついて」マイアのとなりに立っている女の人が言った。

そのとき、教室のドアがあいて、びしょぬれの上着の男の人が入ってきた。もうひとり、女の人もいっしょだ。わたしはぱっと体を起こして目を向けた。

「ジェフリー・ヒックスが行方《ゆくえ》不明なんです」男の人が言った。

不安のにじむ声、張《は》りつめた筋肉《きんにく》、においのようにただよう危機感《ききかん》。これは、わたしの〈シゴト〉が始まる前の人間たちのようすだ。

「一年生なんです」男の人はマイアに言った。

「かくれんぼをしているときに、雨がふりだして」女の人が言った。「いきなり嵐《あらし》になったんです。さっきまで晴れてたのに、あっという間に――」女の人はどっとあふれてきた涙《なみだ》を手でおさえた。「生徒たちを室内に呼《よ》んだんですけど、ジェフリーだけいなかったんです。あの子がかくれる番で」

男の人はマイアに向かって、ためらいながら言った。

「その犬に、さがしてもらうことは……」

マイアがこっちを見たので、わたしはぴんと背《せ》をのばした。〈シゴト〉が始まるの？

「警察《けいさつ》に電話してください。エリーは引退《いんたい》してから何年もたってるんです」

「でも、雨がにおいを流してしまうのでは？　ひどいどしゃぶりなんです」女の人が必死に冷静な声を出そうとしている。「救助犬の到着《とうちゃく》を待っていたら手遅《ておく》れになるのでは……」

マイアはくちびるをかんだ。

「さがすお手伝いならできます。でも、まずは警察《けいさつ》に電話してください。どっちに行ったか心当たりは？」

「校庭のはずれに林があります」男の人が早口で言った。「フェンスがあるんですが、子どもたちは勝手にあけてしまうんです。禁止《きんし》されてるのに……」

「これがジェフリーのリュックです。役に立ちますか？」女の人は布製《ぬのせい》のリュックをさしだした。

「ええ、たぶん」マイアはリュックを受けとった。「警察《けいさつ》に電話してくださいね！　エリー、行くわよ！」

わたしはぴょんと立ちあがって、ろうかを走っていくマイアを追いかけた。ついに、また〈シゴト〉が始まる！

マイアは出口の前で立ちどまった。外は激《はげ》しい雨だ。

「すごい雨ね」

マイアの勢《いきお》いが少し弱まった。マイアがひざまずいたとき、不安と悲しみが伝わってきたけれど、同時に決意も感じられた。

「エリー、準備《じゅんび》はいい？　これよ。このにおいを覚えて」

わたしは布製《ぬのせい》のリュックのにおいを深くすいこんだ。いちごヨーグルト、クッキーのくず、紙、クレヨン、そして、人間のにおい。

「ジェフリーよ。ジェフリー。わかった？」

マイアがドアをあけると、屋内にも雨がふりこんできた。

「さがせ！」

わたしは雨の中にかけだしていった。目の前には黒い舗装《ほそう》された地面が広がり、その向こうにウッドチップをしきつめた校庭がある。わたしは地面に鼻を近づけて、行ったり来たりした。たくさんの子どものにおいがするけれど、どのにおいも弱いし、雨で流されている。

マイアも建物から出てきて、地面を打つ雨の音に負けないように大声でさけんだ。

「こっちよ、エリー！　こっちをさがして！」

金網《かなあみ》のフェンスまで行ってみたけれど、においはみつからなかった。マイアのいらだちと不安が感じられて、わたしも緊張《きんちょう》してきた。わたしがまちがっているの？　わたしはだめな子なの？

フェンスの杭《くい》の横に、金網《かなあみ》がめくれた三角形の穴《あな》があいているのを、マイアがみつけた。

「エリー、さがせ！」

わたしはフェンスにそってにおいをかぎまわったけど、なにもみつけられなかった。

「もういいわ。ジェフリーがこの穴《あな》から出ていったとしたら、においがわかるはずよね？エリーにならわかるはず」マイアはつぶやいてから、声を張《は》りあげた。

「ジェフリー！　ジェフリー、出てきて！　怒《おこ》られないから！」

だれも出てこない。

「まだあきらめちゃだめ」マイアは小声で言った。「エリー、さがせ！」

わたしたちはフェンスぞいにぐるりと学校を一周したけど、なにもみつからなかった。

外の道路に警察《けいさつ》の車が来ていて、赤いライトが雨の中でちかちかしていた。マイアは走っていって、運転席の警官《けいかん》に話しかけた。

わたしはまだ〈サガセ〉の途中《とちゅう》だ。地面に鼻をつけて、進みつづけた。においはほとんど感じられないし、雨がどんどんにおいを流していく。でも、意識《いしき》を集中すれば、リュックのにおい、ジェフリーのにおいを、かぎつけられるはずだ。わたしはジェイコブに訓練されたんだから。マイアといっしょに〈シゴト〉してきたんだから。ジェイコブとマイアはわたしに〈シゴト〉を教えてくれた。まだわたしにはできる。あきらめなければ、きっと――。

あった！　かすかににおいを感じた。わたしは首を大きくふって、もう一度真剣《しんけん》にかいだ。フェンスの真ん中あたりに、すきまができている。おとなではくぐれない大きさだけど、ジェフリーはここを通ったにちがいない。ジェフリーのにおいが両方の杭《くい》にしっかりついていて、まだ雨に流されずに残っていた。

ジェフリーはここから校庭を出たんだ。

わたしがダッシュでマイアのところにもどると、マイアは警官《けいかん》と話をしていた。

「やってみたけど、だめでした。エリーにはもう無理――」

マイアははっと口をつぐんで、わたしを見おろした。「エリー？」

最初はささやくような声だったけど、力強い声に変わった。「エリー、教えろ！」

雨の中、さっききみつけたすきまのところまでいっしょに走った。マイアは小さな穴《あな》をのぞきこんだ。

「来い！」マイアはさけぶと、フェンスぞいに校門をめざして走った。

「ジェフリーが校庭から出た形跡《けいせき》があります！　フェンスの向こうにいるはずです！」

マイアがさけぶと、警官《けいかん》も車からおりて走ってきた。

マイアは門をあけて外に出ると、今度はフェンスの外がわを走ってさっきのすきままでもどった。ジェフリーのにおいがまだ残っている。わたしは地面に鼻をくっつけた。強いにおいではないけれど、たどれる。こっちだ！

ところが、フェンスからほんの少し離《はな》れただけで、においが急に弱まった。わたしはとまって鼻を高くあげ、湿《しめ》った空気をかいだ。

「どうした？」警官《けいかん》がたずねた。

「ジェフリーは車でさらわれたのかも」マイアが心配そうに言うと、警官《けいかん》もうめいた。

地面に鼻をつけて少しもどってみると、またジェフリーのにおいがみつかった。においは逆《ぎゃく》の方向につづいている。

マイアがつぶやいた。「みつけたんだわ。ジェフリーのにおいを」

わたしが歩道を走りだすと、マイアと警官《けいかん》もついてきた。車道のわきのみぞを流れる雨水が、ゴボゴボ音を立てながら排水口《はいすいこう》に落ちていく。わたしはみぞをとびこえて、車道がわから排水口《はいすいこう》に鼻をつっこんだ。道端《みちばた》を流れてきた水が、あらゆるにおいを運んで勢《いきお》いよく排水口《はいすいこう》に入っていく。草、土、ゴミ、かれ葉、水自体のかすかなにおい——でも、ジェフリー以外のにおいは無視《むし》して、自分の鼻に意識《いしき》を集中した。においを追うためなら、この排水口《はいすいこう》におりていったっていい。

そう思ったけれど、すぐにその必要はないことがわかった。ジェフリーのにおいが急に強くなったからだ。暗くて見えないけれど、ジェフリーはすぐそこにいる。ジェフリーはうまくかくれたけど、わたしの勝ちだ。ジェフリーを発見した！

わたしはマイアの顔を見あげた。

「ここにいる！　ジェフリーはこの排水口《はいすいこう》の下よ！」マイアはさけんだ。

警官《けいかん》はベルトから懐中《かいちゅう》電灯をとると、流れる水にひざをついて、排水口《はいすいこう》の奥《おく》を照らした。みんなが同時にその姿《すがた》を見た。おびえた男の子の青白い顔を。

「ジェフリー！　もうだいじょうぶよ。すぐ出してあげるから！」マイアが声をかけながら地面にひざをついた。ジェフリーをつかもうと、制服《せいふく》をびしょぬれにしながら排水口《はいすいこう》に腕《うで》をいっぱいにのばす。

ところが、排水口《はいすいこう》に落ちる雨水がジェフリーをおし流そうとする。ジェフリーは落ちないように雨水管の壁《かべ》にしがみついて、流れにあらがっていた。雨水管は下で真っ暗なトンネルにつながっている。濁流《だくりゅう》がジェフリーの体に当たって落ちていき、真っ暗なトンネルの先まで流れていく。マイアの手はジェフリーに届《とど》かない。

ジェフリーからただよってくる恐怖感《きょうふかん》が強烈《きょうれつ》で、目をあけていられないほどだった。わたしは不安になって小さく鳴いた。ジェフリーをさがす〈シゴト〉はまだ終わっていない。すぐそこにいるのに助けだせない。わたしにも、マイアにも。ジェフリーを雨水管から引きあげるまでは、この〈シゴト〉は終わらないとわかっていた。

水――。ずっと水は苦手だったけれど、その思いは正しかった。海に足だけつかってバシャバシャ遊ぶのは楽しいかもしれない。マイアのバスタブにとびこむのもいい。だけど、わたしにはわかる。ここの水は危険《きけん》だ。命をうばう。すぐにこの〈シゴト〉をやりとげないと、ジェフリーは水にやられてしまう。

「どうやって中に入ったんだ？」警官《けいかん》がさけんだ。

「ぎりぎり入る大きさだから、雨がふりだす前に無理やり体をおしこんだのね。ああ、ほんとにひどい雨！」マイアの声はいらだっている。

ジェフリーの頭のちょうど上に丸い鉄のふたがはまっていた。警官《けいかん》がふたを指でこじあけようとしたけれど、びくともしない。

「工具をとってくる！」

警官《けいかん》は大声でさけぶと、懐中電灯《かいちゅうでんとう》をマイアにわたして、くるぶしまで水につかりながら走っていった。

わたしはマイアと排水口《はいすいこう》のほうにかがみこんでいた。中にいるジェフリーは、びしょぬれで寒さにふるえている。着ているのは、薄手《うすで》の黄色いレインコートで、フードをかぶっているけど、ちっとも役に立っていない。

「ジェフリー、しっかりつかまってて。いい？」

マイアはジェフリーから顔がみえるように身をのりだして、何度もくりかえした。

「がんばって。もうすぐ助けるからね。いい？」

ジェフリーは答えない。マイアの懐中電灯《かいちゅうでんとう》の黄色いライトが照らす目はどんよりしている。マイアの声が聞こえていないのか。わかっていないのか。

サイレンの音がひびいて、一分もしないうちにパトカーが角をまがってそばまで来た。ぬれた道路で少しスリップしてとまると、さっきの警官《けいかん》がおりてきて、車の後ろにまわった。

「救助犬が向かってきている！」警官《けいかん》はさけんだ。

「時間がないわ！　ジェフリーが流れにさらわれちゃう！」

マイアがおびえている。わたしも恐怖《きょうふ》で息が荒《あら》くなっている。なんとかしてジェフリーを雨水管から引きあげなくちゃ！

警官《けいかん》はパトカーのトランクからなにかを出して走ってきた。手にもっているのは、細長い鉄の棒《ぼう》だ。

「ジェフリー、しっかりつかまってて！　手を放さないで！」マイアがさけんだ。

警官《けいかん》は鉄の棒《ぼう》の先をマンホールのふたとコンクリートのあいだにこじいれて、棒《ぼう》に体重をかけた。

警官《けいかん》がうなり声をあげながら棒《ぼう》をおすと、ふたが音を立ててはねあがった。耳をつんざくような音を立てて歩道にころがり落ちて、ぽっかり穴があいた。下は雨水管だ。

ジェフリーは、ふたがはずれた音と、いきなりさしこんだ光におどろいて顔をあげた。

雨の日の薄暗《うすぐら》い灰色《はいいろ》の光でも、今のジェフリーにとってはまぶしい。

ジェフリーのほほにどろがとんだ。ジェフリーは片手《かたて》をあげてほほをぬぐおうとした。

「ジェフリー！　つかまってて！」マイアがさけんだ。

けれど、ジェフリーは片手《かたて》を放してしまった。片方《かたほう》の手だけでは体重を支《ささ》えきれない。流れに負けてしまう。ジェフリーは最後に一瞬《いっしゅん》こっちを見あげ、雨水管のトンネルに流されていった。

「ジェフリーーッ！」マイアが悲鳴をあげた。

わたしはまだ〈シゴト〉中だ。ためらいはなかった。黒い濁流《だくりゅう》は見るのもいやだけど、ジェフリーがさらわれていく。追いかけなくちゃ。こわい。でも今、ジェフリーが助けを必要としている。わたしに助けられるか？

わたしは頭から水にとびこんで、トンネルの中へジェフリーを追っていった。

18 サプライズ

トンネルの中は暗かった。どっちに泳いだらいいのかわからない。鼻が水面に出たので、あえぎながら息をすった。黒い水が口に流れこんできて、むせかえる。頭がトンネルの天《てん》井《じょう》についたと思ったら、また水中に引きずりこまれてもみくちゃにされた。

とっくみあいなら、ジェイコブともアルともマイアともやったし、むかしはきょうだいたちともやった。楽しかった。でも、これは楽しくなんかない。ころがされて、引っぱられて、水がどっちに向かっているのかも、どうすれば岸にたどりつけるのかもわからない。

でも、ジェフリーのにおいが感じとれた。あっちに流されたり、こっちに流されたりしている。においがみつかったかと思うと、すぐに消えてしまう。でも、ジェフリーがわたしより先にいるのはわかった。ジェフリーは声もなく戦っている。命をかけて。

いきなり流れに引っぱられて、ふいに顔が水面に出た。息ができるようになった。トンネルがほかの大きなトンネルと合流したらしい。太いトンネルになって流れはさらに速くなったけれど、水面から上の空間が広い。

わたしはジェフリーのにおいを追って必死に泳いだ。姿《すがた》は見えないけれど、近くにいるのがにおいでわかる。ほんの一メートルか二メートルのところだ。

そのとき、においがとぎれた。ジェフリーが水中にしずんだからだ。

いつかジェイコブが噴水《ふんすい》にしずんだとき、わたしはとびこんで助けにいった。それが正しい行動だったから、ジェイコブは〈イイコ〉だとほめてくれた。ジェフリーのことも追いかけなくちゃ。

わたしは息をすってから水中にもぐり、力いっぱい水をかいた。噴水《ふんすい》の中ではすぐ下にジェイコブの姿《すがた》が見えた。今はジェフリーもわたしも流されているから、姿《すがた》がみつからない。でも、すぐそばで流れにもまれているのはわかる。わたしはなにも見えないまま、ジェフリーに向かって首をのばして口をあけた。やった！　ジェフリーのレインコートのフードを口でつかまえた！

後ろ足で水をけって、前足で水をかくと、急に水面に顔が出た。ジェフリーは無事だ。

ジェフリーがせきこんで、むせた。わたしはフードをしっかりくわえた。放さないようフードをかんだまま、のどに入ってくる水だけ吐《は》きだす。なにがあってもぜったいに放すもんか。

流れにしたがって進むしかなかった。いくら足で水をけっても、ふたりが呼吸《こきゅう》できる体《たい》勢《せい》をたもつだけでせいいっぱいだ。初めのうちはジェフリーも自力で水をけっていたけれど、真っ暗なトンネルを流されていくうちに動きが弱くなって、やがて体がぐったりのびてしまった。フードにずっしりと重みがかかっている。わたしはジェフリーと自分がしずまないようにもがきつづけたけれど、だんだん力つきてきた。あごと首が痛《いた》い。足の動きが遅《おそ》くなっていく。

どうしたらジェフリーを助けられるだろう？　わたしはジェフリーを発見した。でも、これだけじゃ足りない。流れがふたりを水面下に引きずりこもうとしている。どこか安全なところにジェフリーをつれていかなくちゃ。

でも、どこへ？　あるのは濁流《だくりゅう》とトンネルの内側のコンクリートの壁《かべ》だけ。

そのとき、はるか前方から届《とど》いた光が、トンネルの壁《かべ》と水面できらりと光った。光を見て希望がわいてきた。

たぶん太陽の光だ。外に出られたらマイアに会えるかもしれない。だれかが助けてくれるかもしれない。

光が強くなるにつれて、音が聞こえてきた。深くひびくような音がだんだん大きくなっていく。それがトンネルの壁《かべ》でこだまして、わたしの耳に届《とど》く。ジェフリーのフードをしっかりかみなおした。なにかが起ころうとしている。これからどうなるの!?

光がどんどん明るくなって、わたしたちを包んだ。いきなり外に出たと思ったら、トンネルからとびだして水しぶきとともに下に落ちていた。そこは流れの速い川だった。落ちた衝撃《しょうげき》で水中にしずんだけれど、ラッキーにも足が岩かなにかに当たった。それをけって水面にあがった。

ジェフリーはまったく動かない。ぐったりして、流れにおされて首があっちを向いたりこっちを向いたりする。水がわたしの顔にも鼻にもかかった。わたしは必死で足を動かした。外に出たから、どこか安全な場所がみつかるはずだ。

川の両側の岸はコンクリートでかためた急斜面《きゅうしゃめん》だった。ジェフリーを引っぱって片方《かたほう》の岸に近よろうとしたけれど、流れがわたしたちを川の真ん中に引きもどそうとする。首とあごの痛《いた》みが限界《げんかい》に近くなってきた。わたしがあごをゆるめたら、どうなってしまうだろう?

そのとき、ちかちかする光が目に入った。下流のほうで、レインコートを着て懐中《かいちゅう》電灯をもった男の人たちが川に向かって走っている。

でも間に合わないかもしれない。川の流れは速い。あの人たちが川にたどりつくころには、ジェフリーとわたしはもっと下に流されているのでは？

わたしはいじわるな水に抵抗《ていこう》してもがいた。水はわたしたちをのみこんでジェフリーをさらおうとする。でも、ジェフリーはわたしのもの。わたしが発見したんだから。ぜったいに放さない！

わたしは必死にジェフリーを引っぱって少しずつ岸に近づいた。男の人たちが走ってくる。ふたりの人が水にとびこんだ。たがいの体をロープでつないでいて、そのロープの先を岸にいるもうひとりがもっている。ふたりは腰《こし》の深さの川の中を歩いて、両手を広げてわたしたちをつかまえようとした。

でも、手が届《とど》かない。まだ距離《きょり》がある。水がわたしたちを下流にさらおうとしている。だめ！　だめ！　そうはさせない！　わたしは土を掘《ほ》るように、必死に爪《つめ》を立てて水をかいた。ありったけの力をふりしぼってもがき、ふたりの広げた腕《うで》めがけてつき進んだ。

「つかまえた！」

ついにたどりついた！　勢《いきお》いよく腕《うで》にとびこんだわたしたちの重みで、ロープがぴんと張《は》った。岸にいる人たちがふんばってくれた。だれもころんだりしない。水の中のひとりがわたしの首輪をつかんだ。もうひとりはジェフリーの腰《こし》をもって空中にもちあげた。

助かった！　もう安全なのがわかって、わたしはジェフリーのフードを放した。わたしはジェフリーを発見して人間たちに引きわたした。これで〈シゴト〉は終わった。

首輪をつかんだ人は全力で流れにさからい、岸にいる人たちがロープをにぎってわたしたちをぐいぐい岸に引きよせた。

最後まで水の中にいたのはわたしだった。首輪をにぎっていた人は、自分が引きあげられてからもぜったいに首輪を放さず、コンクリートの岸に横たわりながら引っぱってくれた。わたしは疲《つか》れきった足で斜面《しゃめん》をけって、なんとか陸にあがった。

かたい地面に支《ささ》えられているって、なんてすばらしいことなんだろう。わたしはどさりとたおれこんで、口から水を吐《は》きだした。何人かがジェフリーをとりかこんでいる。ひとりがジェフリーの細い胸《むね》をおすのが見えた。口から茶色い水が一気にふきだして、ジェフリーはせきこみながら泣きだした。

わたしは体を起こして、せきをすると、大きく息を吐《は》いた。わたしの〈シゴト〉はまだ完全に終わってはいないようだ。発見された人には幸せになってもらわなくちゃ。ジェフリーはまだ幸せじゃない。わたしはずぶぬれの体をふって水をとばす力もなかったけど、よろけながらジェフリーに近づいていった。

ジェフリーの横に寝《ね》そべると、ジェフリーはこっちを向いて、力をふりしぼるようにわたしのぬれた体にだきついてきた。ふるえが伝わってくる。それでも、ジェフリーの恐怖《きょうふ》心《しん》は少しずつ消えていき、わたしの不安も薄《うす》れていった。

ジェフリーはもうだいじょうぶだ。わたしはまた〈シゴト〉をなしとげた。わたしはイイコだ。

男の人たちがジェフリーのレインコートとびしょぬれのシャツとジーンズをぬがせて、毛布《もうふ》で体を包んだけれど、そのあいだもずっとジェフリーはわたしにつかまっていた。

「もうだいじょうぶだ。助かったんだよ」ひとりが言った。「きみの犬かい？　この犬が命を救ってくれたんだ」

ジェフリーは返事はしなかったけれど、顔をあげてわたしの目を見た。わたしはジェフリーのほほをさっとなめた。

「さあ、行こう」

ひとりが声をあげ、もうひとりがジェフリーの手をそっとわたしから離《はな》した。みんなでジェフリーをもちあげて斜面《しゃめん》をのぼり、道路で待っている白い大きな車に乗せた。車はサイレンを鳴らしながら去っていった。

わたしはその場でじっとしていた。疲《つか》れきった足がけいれんしていて、飲みこんだ川の水を吐《は》きだすために顔をあげるのがやっとだ。前足の上に顔をのせて、じっとしていた。冷たい雨が体にしみてくる。

警察《けいさつ》の車のサイレンがだんだん近づいてきた。わたしは顔をあげずに上の道路のほうをちらりと見た。

「エリー！」マイアがさけんだ。

マイアは斜面《しゃめん》をすべりおりて、わたしの横に来た。疲《つか》れきっていてしっぽをふる力も残っていないけれど、マイアと会えてうれしかった。マイアに引っぱりっこをしようと言われても、今はちょっと無理だけど。

マイアはびしょぬれで、顔は涙《なみだ》と雨にまみれていた。さっきジェフリーがしたように、わたしをぎゅっと強くだきしめた。

「エリー、いい子ね。ジェフリーの命を救ったのよ。すばらしい警察犬《けいさつけん》よ。ああ、もう会えないかと思った。エリー」

しばらく泣いたあと、マイアはわたしを助け起こして、やさしく声をかけながら首輪をつかんで斜面《しゃめん》の上まで引きあげてくれた。そして、わたしの胸《むね》をしっかりかかえてもちあげ、車の後ろの席に乗せた。車はまたあの白い服の男の人がいる建物にまっすぐに向かい、男の人はわたしを鼻の先からしっぽの先までじっくりチェックした。

ひと晩《ばん》そこに泊《と》まることになって、ちょっといやだったけど、つぎの朝にはマイアとアルの家に帰れた。体がちがちで何日かはろくに動けなかったけれど、そのうちふつうの生活にもどった。


何週間かたって、マイアとわたしはまた〈ガッコウ〉をした。今回大きな部屋に集まっているのは、子どもではなく、おとなたちだった。ライトがまぶしいステージの上にすわっていると、男の人が大きな声でしゃべりはじめた。そのあとマイアがしゃべった。今日は子どもたちじゃなく、おとながわたしをなでにくるのかなと思っていたら、そういうわけでもなさそうだった。

男の人は話が終わるとわたしのところに来て、首にもうひとつの首輪をつけた。どうして？　首輪ならもうあるのに。

新しい首輪は、なんだかへんだった。ひもが長すぎて胸《むね》までたれさがっているし、大きな重いタグがついていて、歩くと体にバンバン当たってしまう。

男の人がマイアの制服《せいふく》にもなにかつけて、会場のみんなが拍手《はくしゅ》した。マイアがわたしの横にひざをつくと、ライトが音のない稲妻《いなずま》みたいにまぶしくなった。

〈シゴト〉や本当の〈ガッコウ〉のほうが好きだけど、マイアに「いい子ね。りっぱなメダル、おめでとう」と言われて、誇《ほこ》らしい気持ちと愛情《あいじょう》が伝わってきた。

そのあと、マイアは立ちあがった。

「エリー、来て。サプライズがあるのよ」

マイアとステージをおりていくと、会場の人たちはいくつものグループにわかれて立ったまましゃべりながら、こっちを見ていた。たくさんの人がマイアに声をかけて握手《あくしゅ》を求める。マイアはうれしそうに笑顔《えがお》を返しながら、ある方向へ進みつづけた。わたしはぴったりついていった。

マイアが立ちどまった。

「あそこよ。エリー、見える？」

たくさんの紺色《こんいろ》のズボンの脚《あし》の向こうに、見えた。マイアがどうしてわたしをここにつれてきたのか、一気にわかった。

男の人がぽつんと立っている。スーツを着てネクタイをしめて、顔はかすかにほほえんでいる。ジェイコブだ。

マイアがリードを放したので、わたしはジェイコブのもとへ走っていった。ジェイコブはしゃがみこんで耳をかいてくれた。

「元気か、エリー？　ずいぶん色が薄《うす》くなったな。おまえも歳《とし》だからな」

ジェイコブは後ろで女の子をだいて立っている女の人のほうをふりむいた。女の子はジェフリーより一歳《さい》か二歳《さい》年下。ジェイコブよりずっと明るい笑顔《えがお》をしている。

「パパはむかし、エリーといっしょに仕事をしていたのよ。アリッサ、知ってた？」女の人が言った。

「うん」女の子は体をくねらせて女の人の腕《うで》から下におりた。「あたし、エリーをなでたい！」

「ジェイコブ、いい？」女の人がたずねた。

「もちろん」

アリッサは走ってきて、わたしにとびついた。わたしはおしたおされないようにふんばりながら、アリッサの顔をなめた。アリッサはくすくす笑った。ジェイコブも声をあげて笑っている。

ジェイコブがこんなふうに笑うのは初めて聞いた。

アリッサの頭ごしに、ジェイコブを見た。わたしがいっしょに暮《く》らして、いっしょに〈シゴト〉をしていたころとは別人のようだ。心の中にあった冷たい部分が消えている。

ジェイコブは立ちあがってマイアに言った。

「地域《ちいき》活動をつづけてくれて感謝《かんしゃ》してるよ。エリーみたいな子には〈シゴト〉が必要なんだ」

わたしは〈シゴト〉と聞いて、しっぽをふった。ジェイコブはアリッサとわたしの横にひざまずいた。でも、さっきの言葉には緊張感《きんちょうかん》がなかったから、これから〈シゴト〉が始まるわけじゃないようだ。ジェイコブは前から、〈シゴト〉のとき以外にも、〈シゴト〉の話をするのが好きだった。ジェイコブらしいところだ。

マイアが後ろから近づいてきて、アリッサをだいていた女の人に笑顔《えがお》を向けた。アリッサのお母さんだ。そして、ジェイコブはお父さん。ジェイコブには今、家族がいる。そして幸せに暮《く》らしている。

むかしとはちがう。わたしが知っていたころのジェイコブは、ちっとも幸せじゃなかった。あのころ、ジェイコブが行方《ゆくえ》不明だとか、助けが必要だとか思ったことはなかったし、ジェイコブはわたしと組んで人を発見して救助する側だった。だけど今、本当のジェイコブがやっとみつかったように思えた。

「そろそろ帰らなくちゃね、アリッサ」女の人が言った。

「エリーもいっしょに？」アリッサが言って、みんなが笑った。

マイアとジェイコブの両方がそばにいるなんて、すごくうれしい。わたしはゆったりと床《ゆか》にふせた。とても幸せで、このまま居眠《いねむ》りしたいくらいだ。

「エリー」

ジェイコブがかがみこんできた。わたしの顔を両手でそっとつつんで、目をのぞきこむ。毛を通して伝わってくるジェイコブのごつごつした手の感触《かんしょく》が、わたしを子どものころに引きもどした。〈シゴト〉を覚えはじめたころのわたしに。

うれしくなってしっぽを床《ゆか》に打ちつけた。もうすぐわたしはマイアと家に帰る。わたしの居場所《いばしょ》はマイアの家で、わたしの〈シゴト〉のパートナーはマイア。だけど、今もジェイコブへの愛情《あいじょう》は変わっていない。

「いい子だ」ジェイコブはささやいた。その声にはやさしさがこもっていて、ジェイコブがアリッサとその母親を愛しているのが感じられた。そして初めて、わたしは自分がジェイコブに愛されているのを感じた。

「エリー、おまえはすばらしい犬だ。いい子だ、エリー」

救助犬について

エリーは、行方《ゆくえ》不明の人をさがす訓練を受けた救助犬です。実際《じっさい》にエリーのような救助犬たちがさまざまな現場《げんば》で活躍《かつやく》しています。アメリカでは、ジェイコブやマイアのように救助犬と組んで仕事をする警官《けいかん》は「ハンドラー」と呼《よ》ばれます。ハンドラーは犬とともに日々訓練にはげんでいます。

〈救助犬はどんな仕事をしますか?〉

生存者《せいぞんしゃ》をさがす犬と、遺体《いたい》をさがす犬がいますが、エリーは生存者《せいぞんしゃ》をみつける訓練を受けています。救助犬はおぼれた人を助けたり、山など大自然の中で行方《ゆくえ》不明の人をさがしたり、たおれた建物にとじこめられた人や、災害《さいがい》でけがをした人を助けたりすることもあります。

〈救助犬にはどんな能力《のうりょく》が必要ですか？〉

救助犬はハンドラーのコマンド（指示《しじ》）に従《したが》って人間のにおいを追跡《ついせき》し、なにかを発見したらハンドラーに知らせます。知らせるときには、ほえる犬もいますが、耳の角度や体の張《は》りつめ具合《ぐあい》などボディランゲージを使う犬もいます。また、救助犬は不安定な台にのぼってバランスをとったり、細いトンネルをくぐったりするほか、車、トラック、飛行機、ヘリコプターなどの乗り物にも乗らなければなりません。場合によっては、ボートやスキー場のリフトに乗ることもあります。

〈救助犬になれるのはどんな犬ですか？〉

ハンドラーは、すぐれた救助犬に育ちそうな子犬を選ぶために、まず子犬の遊び方をチェックします。ボールやオモチャで遊ぶとき、あきずに長くひとつのことをつづける子犬は、救助犬としての素質《そしつ》があります。集中力のある子犬は、将来《しょうらい》あきらめずに仕事をやりぬく犬に成長するからです。

ジェイコブはエリーの生まれた家を訪《たず》ねたとき、遊びを通してどの子犬がいいかチェックしていました。そして、頭がよく、集中力があって、コマンドに従《したが》う素直《すなお》な性格《せいかく》のエリーを選んだのです。

〈救助犬はどんな訓練を受けますか？〉

訓練は最初は遊び感覚のゲームから始まります。犬は遊びが好きなので、本格的《ほんかくてき》な訓練が始まったときも新たなゲームだと思いこみます。まずはパートナーの人間をさがすゲームです。パートナーはオモチャをもって、犬の見ている前で走り去ります。そのあと、犬に追わせます。パートナーは追いつかれたら、自分が大喜びしていることが伝わるように、とっくみあいをしたり、遊んであげたりします。人を発見するのは楽しいことだと犬に思わせるためです。

パートナーを発見するのに慣《な》れたら、ほかの人をさがす練習を始めます。かくれる役の人は、犬のようすを見ながら、少しずつ難《むずか》しいところにかくれるようにします。そして発見されるたびに喜んだふりをし、ごほうびとして必ず犬と遊びます。これは、エリーが〈ウォリーをサガセ〉ゲームと呼《よ》んでいた訓練です。

また、救助犬はどんな場でも堂々と歩けるようにするために、不安定な台にのぼってバランスをとる訓練もします。エリーのように、特殊《とくしゅ》なハーネスをつけてロープでつりあげられる訓練をすることもあります。がけや穴《あな》の中をロープで上げ下げされたり、ヘリコプターで運ばれることもあるからです。水難《すいなん》救助をする犬は海で六キロ以上泳げるよう訓練をします。

救助犬の訓練には二年かかります。その後も、犬とハンドラーは現役《げんえき》のあいだずっと訓練をつづけます。

〈ハンドラーにはどんな訓練が必要ですか?〉

ハンドラーには、犬と活動するための知識《ちしき》のほかに、救急救命措置《そち》（犬にも人にも）、地図の解読《かいどく》、コンパスの使い方、自然の中でのサバイバル術《じゅつ》、犯罪現場《はんざいげんば》の保存《ほぞん》方法、そのほかさまざまなスキルが必要になります。また、大自然の中で犬とともに何キロも走ることがあるので、体力を維持《いじ》しなければなりません（マイアが努力したように）。

〈ハンドラーになれるのは、どういう人ですか?〉

アメリカでは警察官《けいさつかん》か消防士《しょうぼうし》が特殊《とくしゅ》な訓練を受けてハンドラーになります。また、ボランティアで自分の犬を訓練して救助活動の手助けをする人もいます。そういう人たちはふだんはほかの職業《しょくぎょう》についていて、だれかが行方《ゆくえ》不明になったり災害《さいがい》が発生して多くの人の救助が必要になったりしたときに、犬をつれて活動に参加します。

〈救助犬はどうやって人を発見しますか？〉

鼻を使います。犬の嗅覚《きゅうかく》は人間の百万倍といわれるほどするどく、空中のにおいでも地面のにおいでもキャッチすることができます。犬は人間を追跡《ついせき》するとき、目に見えない小さな毛髪《もうはつ》や皮膚《ひふ》の破片《はへん》のにおいをかぎとっています。人間は無意識《むいしき》のうちにつねに毛髪《もうはつ》や皮膚《ひふ》の粒子《りゅうし》を落としながら動いているのです。犬はそのにおいをかぎつけ、たどっていって目的の人間をみつけます。

においを追跡《ついせき》しやすいのは、湿度《しつど》が高く、風が弱くて、地面の温度が気温より少し高い日です。そういう日には、髪《かみ》や皮膚《ひふ》の粒子《りゅうし》が長く地面に残ります。物語の中でジェフリー少年が行方《ゆくえ》不明になったのはそういう日だったので、鼻にダメージを受けているエリーでも、暑い乾燥《かんそう》した日と比《くら》べて追跡《ついせき》しやすかったのです。ただし、雨が痕跡《こんせき》をすっかり流してしまったら、においをかぎとることはできません。

〈うちの犬でも救助犬になれますか？〉

救助犬の訓練は一歳《さい》あるいは一歳《さい》未満で始まるので、二歳《さい》以上の犬はこれから救助犬になるのは難《むずか》しいです。また、救助犬はおとなのハンドラーと組むことになっています。訓練はハードで、活動には危険《きけん》がともないますが、あなたがおとなになれば、愛犬とともに救助活動の訓練をすることができるかもしれません。

訳《やく》者《しゃ》あとがき

警察《けいさつ》の救助犬として選ばれた子犬エリーが、さまざまな訓練を受けながら成長し活躍《かつやく》する物語、いかがでしたか？

この作品の原作『Ellie's Story』は、『A Dog's Purpose』（日本語訳《にほんごやく》『野良犬《のらいぬ》トビーの愛すべき転生』）という一般《いっぱん》向け小説から一部をぬきだして子どもにも読めるよう書き直したものです。『A Dog's Purpose』は、犬が転生をくりかえして人間との関係を深めていく物語で、その中に救助犬エリーが登場します。アメリカで愛犬家を中心に人気を集め、映《えい》画化《がか》されました。日本では二〇一七年秋に『僕《ぼく》のワンダフル・ライフ』というタイトルで公開されています（ただし、一般《いっぱん》向け小説や映画とはちがって、この本では最後までエリーは死なないのでご安心を）。

日本でも救助犬が活躍《かつやく》していますが、日本の警察犬《けいさつけん》のシステムはアメリカとは少しちがいます。日本の警察犬《けいさつけん》は、警察《けいさつ》が飼育《しいく》する「直轄警察犬《ちょっかつけいさつけん》」と、民間の「嘱託警察犬《しょくたくけいさつけん》」に分けられます。直轄警察犬《ちょっかつけいさつけん》を訓練するのはアメリカと同じく警官《けいかん》ですが、日本の直轄警《ちょっかつけい》察犬《さつけん》はエリーのようにパートナーの警官《けいかん》の家で暮《く》らすのではなく、警察《けいさつ》の施設《しせつ》で生活するそうです。一方、嘱託警察犬《しょくたくけいさつけん》とは、一般《いっぱん》家庭で飼《か》われていて、警察犬審査会《けいさつけんしんさかい》で合格《ごうかく》して認《にん》定《てい》をうけた犬のことで、仕事があるときに警察《けいさつ》から連絡《れんらく》をうけて出動します。

日本警察犬《けいさつけん》協会が指定する犬種は、ジャーマン・シェパード、ドーベルマン、コリー、エアデール・テリア、ラブラドール・レトリーバー、ボクサー、ゴールデン・レトリーバーの七種ですが、民間の嘱託警察犬《しょくたくけいさつけん》としては、トイプードル、ミニチュア・ダックスフンド、チワワ、柴犬《しばいぬ》なども活躍《かつやく》しています。

この物語に出てくるエリーは、ジャーマン・シェパードという犬種です。ジャーマン・シェパードのメスの一般的《いっぱんてき》な大きさは、体重が三十キロ前後、体高（肩《かた》までの高さ）は六十センチ程度《ていど》。性格《せいかく》は勇敢《ゆうかん》で、落ちつきがあり、訓練しやすい犬種だと言われています。犬は昔から猟犬《りょうけん》、牧羊犬、番犬などとして人間のために働いてきました。犬の起源《きげん》として、野生では生きられなくなった弱いオオカミが、食べ物をもらうために人間になついたのが始まりだという説があります。犬は人間から食べ物と安全な場所をあたえられて生きのび、人間のほうも犬の力をかりて狩《か》りをしていたと考えられます。つまり、犬と人間は大昔から協力しあって、たがいの暮《く》らしを支《ささ》えてきたのです。現在《げんざい》でも、犬には人と協力しあいたい、人の喜ぶことをしたいという本能《ほんのう》がそなわっているように思います。ペットとしてのんびり暮《く》らしている犬たちとくらべると、警察犬《けいさつけん》の生涯《しょうがい》は厳《きび》しいようにも見えますが、生まれもった能力《のうりょく》をフル活用して人間とともに働くのは、犬にとって幸せなことなのかもしれません。

最後になりましたが、この本のためにご尽力《じんりょく》いただいた小峰書店の山岸都芳さんにこの場をお借りして感謝《かんしゃ》をもうしあげます。そして、犬についていろんなことを教えてくれたわが家の愛犬たちに、ありがとう！

二〇一八年一月

西本かおる

作者

W. ブルース・キャメロン

W.Bruce Cameron

1960年アメリカ、ミシガン州生まれ。カリフォルニア在住。コラムニストとして活躍しながら、犬をテーマにした小説を次々と発表し、人気を集める。ベストセラーとなった『A Dog's Purpose』（『野良犬トビーの愛すべき転生』新潮文庫）が映画化され、日本では『僕のワンダフル・ライフ』というタイトルで公開された。

訳者

西本かおる

東京外国語大学卒。都内で愛犬2匹と暮らしている。訳書に『ルーシー変奏曲』『リアル・ファッション』『消えたヴァイオリン』『やせっぽちの死刑執行人』（小学館）、『賢者の贈りもの』（ポプラ社）、『クリスマス・セーター』（宝島社）、『シスタースパイダー』（求龍堂）、『レイン 雨を抱きしめて』（小峰書店）などがある。

ブルーバトン ブックス
救助犬エリーの物語
2018年3月26日　第1刷発行
2020年5月30日　第6刷発行

作者　W.ブルース・キャメロン
訳者　西本かおる
発行者　小峰広一郎
発行所　株式会社 小峰書店
〒162-0066 東京都新宿区市谷台町4-15
電話 03-3357-3521
FAX 03-3357-1027
https://www.komineshoten.co.jp/
印刷所　株式会社 三秀舎
製本所　株式会社 松岳社

NDC 933　224P　20cm　ISBN978-4-338-30804-5